「……やはり、怒っておるな……。
きらい、だもんな、
オレのこと」
アリス・
ドラル・フレアテイル
“蒐集竜”と呼ばれる竜。
ヒトには触れることすら叶わぬ上位生物。
その絶大なる力ゆえ、
世界に退屈しきっていたが……？

ぴしゃりと言い放った遠山に
か細い声が返ってくる。
いや、もう涙ぐんだ声だ。
やめて、ほんとやめてそういうの。

「惚《ほ》れたか？」
「うるせえよ、鎧《よろい》ヤロー」
遠山鳴人
トオヤマ・ナルヒト
誰かに何かを与えられることを是とせず、
辛苦すらも我が物とする強欲冒険者。
夢は「湖のほとりに家を建てる」。

現代ダンジョンライフの続きは

異世界オープンワールドで！

The Continuation of Modern Dungeon Life
Have Fun in an Another World,
Like an Open World!

1

しば犬部隊

illust
ひろせ

CONTENTS

The Continuation of Modern Dungeon Life
Have Fun in an Another World, Like an Open World!

1

イラスト／ひろせ

プロローグ　ある探索者の最期

湖のほとりに小さな家を建てたかった。

遠山鳴人《トオヤマナルヒト》はふと、思う。腹に空いた大きな傷、内臓を傷つけているだろうそれは、既に痛みはなく、ただ温かい。

「いい、景色だなあ……ちくしょう」

アメリカ軍の払いさげオークションで手に入れた、旧式のＭ１９１１拳銃、怪物の頭を砕き続けた戦闘用の金槌《かなづち》も、もはやその手にはない。奥歯の裏に仕込んでいたイモータルの名を冠するダンジョン用の再生薬品も血を止めてはくれない。

目の前には青々とした大草原。風に乗ってみずみずしい緑の匂いが鼻をくすぐる、まだ嗅覚は死んでいない。

現代ダンジョンの中に広がるパノラマの中、足をひきずり、血を流しながら１人ゆく。

「……そうだ、パソコンのＨＤ……処分、……」

うわごとをつぶやきながら遠山は思い浮かべる。家はモダンなログハウス。畳マットで、優しいいぐさの香り。もちろん冷暖房床暖房完備、薪《まき》ストーブやピザ窯も用意したい。冬は暖かく、夏は涼しい、そんな家。

「化け猿どもが……ざまあみろ……」

湖のほとりには、サウナを建てよう。朝、まだ鳥も起きていない時間からサウナに入り、誰も触れていない湖で身体《からだ》を冷やす。そして空を見上げながら水を飲む、空高くたゆたう白い雲にまどろんで二度寝をする。

「マジでやらかした。死ぬわ、これ」

俺だけの家を建てたかった。

そこにはお抱えのシェフ、パン職人がいてその日の気分に合わせて焼き立てのパンが出るんだ。遠山は叶《かな》わない夢を想《おも》う。

「カッコつけるんじゃなかったわ、マジで」

歩き続ける、一歩進むたびに腹から血が垂れ続ける。止まらない。死んでいく身体と裏腹に頭は妙に冴《さ》えていて、叶えたかった欲望の光景を思い浮かべてはこぼしていく。

犬も、飼おう。

しば犬でもなんでもいい、ある程度大きくて、もふもふしてるやつがいい。その家にたまに、気の合う仲間を呼んで、酒飲んで騒いで歌って泳いで、美味《うま》いモン食って、それから、それから――

ドサッ。

「かね、金にも困らねえ……食いたいモンを食いたいだけ買って、栄養バランスの取れた最高の飯を用意して、無駄に飲みもしねえ高い酒買ったり、使わねえ家電買ったり……贅《ぜい》沢《たく》、して」

急に膝が抜けた。うつ伏せに倒れる。衝撃で内臓がこぼれたかと錯覚するが、まだ大丈夫なようだ、でも身体が妙に温かい。

ああ、自分の血溜《ちだ》まりか。遠山はもう薄く笑うしかなかった。鼻の奥で草原の青い匂いと、血の鉄錆《てつさび》の匂いが混じり合う。

「何匹殺したっけ……？　あいつら、逃げ切れたのか？」

うわごと、遠山は呟《つぶや》く。

怪物種。2028年の現代社会に突如現れた神秘の地、〝現代ダンジョン〟。そこに生息する既存の生物範囲から大きく外れた存在、伝承に残る化け物にも似た超自然的生物。

その中の一種類、〝一ツ目草原オオザル〟の硬い骨を砕く感触はもう手のひらから消えて久しい。

5匹殺した所までは覚えていたが、後は分からない。ダンジョンに満ちる酔いのままノリノリで死地に残り、気付けばこんな風に朦朧《もうろう》と歩き続けていた。

「あー……ダンジョンで死にたくねー、死にたくねえ……」

黒色のタクティカルジャケット、カーゴパンツに機能性に秀でた合成素材の加工ブーツ。

怪物の青い返り血と自分の血が入り混じったぐちゃぐちゃの姿のまま遠山は呟く。

「探索者組合め、なにが簡単な生息数調査の仕事だ……大ウソつきやがって。生きて戻ったら討伐手当ふんだくってやる……」

2028年の世界、ニホン排他的経済水域内、北緯27度14分49秒、東経140度52分28秒、世界中から人々が富と名声を求めて集うその島の地下に現代ダンジョンは存在する。

遠山鳴人は、探索者だ。そういう仕事がある。

〝現代ダンジョン、バベルの大穴〟が醸し出すダンジョン酔いに順応し、怪物を殺し、宝を見出《みいだ》し、金を稼ぐ現代のアウトロー。探索者を始めて3年、とかくよく死ぬその職業においてはベテランと呼んでもおかしくない立ち位置にいた。だがそれも今日までの話だ。

「あー、クソ。せっかく上級探索者になれたのに……これから楽しくなる所だったのによー……」

素質はあった。

怪物を始末することに抵抗はなかった。青い血の甘い匂いにもすぐに慣れた。

鍛えることにも真摯に向き合って来た。どうすれば効率よく殺せるか。それを覚えるのにあまり苦労しなかった。

「はあ……あんだけ、殺したから、か。そりゃ、殺されもするかあ……」

探索の準備を怠ることもなく、己の力を過信せずに逃げる時は逃げ、生き延びて来た。

怪物種を殺し、その素材を剝ぎ金にする。怪物種の宝を奪い、金にする。

「もっと、早めに、逃げれば、……あ、やべ、暗い……」

自分の夢を叶えるために、自分らしく生きるため探索者になった。

遠山鳴人は探索者になってようやく、人生は割と楽しいものなんじゃないかと考えるようになっていた。

失うだけだった人生が上向きになる筈《はず》だった。それでも、死ぬときは死ぬ、今日がその時だ。

「どこで……間違えたんだ……俺」

眦《まなじり》に浮かぶのは涙。悔しさか怖さか、あるいは両方か。

依頼を受けたのが間違いだったのか。

仲間を庇《かば》ったのが間違いだったのか。

仲間を作ったのが間違いだったのか。

それとも、

「探索者……なったのが間違いだったか……」

呟き、笑う。

馬鹿か、俺は　遠山の頭の中に探索者になってからの3年が駆け巡る。

「たのしかった……本当に楽しかった。戦って、殺して、また戦って、殺して、金稼いで、うまいモン食って、贅沢して」

たのしかった。遠山は楽しかったのだ、探索者という血みどろの生き方が。奪って、戦って得る。その生き方がとても楽しかった。

幼い頃に憧れた創作の登場人物、ファンタジーに出てくる荒くれ者達《たち》、〝冒険者〟のような生き様が楽しかったのだ。

「……は、はは。次は、間違えねえ……そうだ、戦術を見直そう、早めにキリヤイバを使って……銃弾もケチらずに……」

頭に巡るは今回の戦闘の反省点、どこか貧乏性が抜けなかったために、〝切り札〟を使うのを躊躇《ためら》った。

遠山は〝マスターボール〟や〝世界樹の葉〟、〝エリクサー〟などをもったいぶって結局使わずにゲームをクリアしてしまうタイプの人間だった。

「あー…次だ、次。次はもうドバドバ使お。開幕ブッパで切り札つかいまくろ……キリ――」

ゴポリ、口を開くと、黒い塊のような血がまろび出る。飲み込もうとしてもダメだ。喉に力が入らない。

身体の力が抜けていく。

ず、ズズズズズ。

その時、まるで身体がダンジョンに沈み込んでいくような錯覚。

「……ワオ、沈殿現象……はは、絶対死ぬ奴《やつ》じゃん」

錯覚ではない。現代ダンジョン、バベルの大穴において確認されている異常現象の1つ。

沈殿現象。意味はその名の通り、その地帯が突如、ドロドロの液体と化して沈んで消えるのだ。

満身創痍《まんしんそうい》の死にかけ、もう指先しか動けない遠山が静かに、しかし確実にダンジョンへ沈んで行く。

遠山鳴人は遺体すら残すこともできず、このまま消えて行く。

遠山の意識がちぎれかけたその時、胸元のポケットに入れていた端末が鳴り響いた。

「鳴人!!　鳴人!!　聞こえるか!?　俺だ！　今自衛軍の救援チームと合流した！　頼む、返事してくれ!!」

仲間の声だ。

気の良い馬鹿だ。せっかく逃がしたのに来てどうすんだ、馬鹿。お前、来月結婚するんだろうが。

遠山は溢《あふ》れる笑いを抑えなかった。生きてた、自分は無駄死ではない、その事実が遠山の身体にわずかな猶予を与えて。

「鳩村《はとむら》……聞こえ、てる、無事か……」

「鳴人!!　よかった……！　おい、今どんな状況だ!?　俺たちは無事だ！　お前のお陰で、日菜《ひな》も生きてる！　後はお前さえ生還すりゃ、大勝利だ！」

最期に、声が聞けてよかった。そう思った。

「……ならいい。まあ、お前らが生きてんなら、俺の勝ちだな……」

「おい、何言ってやがる!?　お前今大丈夫なんだよな!?　おい！　鳴人！　怪我《けが》は？」

端末の声が割れて聞こえる。機械がダメになったんじゃなく自分の耳がダメになっているのだろう。

「鳩村……もう、時間がない……、頼みが、あるんだ、聞いてくれ」

「な、なんだ！　なんでも聞く、なんでも聞いてやるから！　お前、頑張れよ!!」

から元気に満ちた鳩村の無線の声に遠山は少し笑う。

「……俺のＨＤに入れてある秘蔵フォルダ……ファンタジーコスプレモノのR18モノの動画……あと銀髪エルフとか銀髪ボクっこ吸血鬼モノの薄い本、あれ処分しといて。遺品整理の時に恥ずかしいから……それと、俺の異世界転生ファンタジー小説とかコミケで手に入れたドラゴン図鑑とかは全部お前にや……るから」

これでいい、遠山は目を瞑《つぶ》る。

「ば、馬鹿野郎!!　んなもんいらねえ!!　縁起でもねえこと言ってんじゃゃ――」

ブツッ。

回線が途切れる。

気付けば身体の半分以上が地面に沈んでいる。蟻地獄《ありじごく》の巣みてえだな、遠山《トオヤマ》は呑気《のんき》に考える。

「……これで、問題ねえ。仲間は生きてた。ＨＤの秘蔵コレクションの削除も頼んだ……お気に入りの小説や本は少し勿体《もったい》ないが……はは、俺の勝ちだな」

視界が暗くなる。目を開けているのに、いや、目を開けていることすらわからなくなる。

今、自分がどんな状況にいるのかも理解できなくて、無性に寒くて、頼りなくて、寂しかった。

これが、死。

俺の、死。俺の終わり。

怖くてたまらない、悔しくてたまらない。だが、それでも最期に、遠山は笑った。

「ああ、愉《たの》しかった。次はもっと、うまくやってやる。金、稼いで、家建てて、そうだ、店もやっちまうか。もっと自由に、好き放題……探索、冒険して、金、飯、か、ぞく……いぬ……アぁ、タロウ……」

ひどい人生だった。親はいないし、仲良くなった子犬は川に流されるし、施設では職員にしばかれ続けるし、学生の時たぶん好きだった子は医者と結婚しちまうし。

しかし、次こそは——

探索者になってからの3年、たのしい現代ダンジョンライフは遠山にそう思わせてくれるものだった。

最期にそう思えるのは、とても幸運なことだ。

遠山は満足げに笑って――

闇が。もう、何もわからない。


上級探索者、遠山鳴人《ナルヒト》の端末反応は現代ダンジョン、バベルの大穴、2階層にて消失。

駆け付けた救援チームが最後の端末反応の地点を探すも、遺体を発見出来ず。周囲には大規模な沈殿現象の痕跡有り。血の匂いに寄せられた怪物種の攻撃を受け、救援チームは撤退。

後日。

探索者組合より、上級探索者、遠山鳴人の遺体捜索任務がとある探索者チームへと依頼された。


遠山の行方は、誰も知らない。

◇◇◇◇

「あら、濃い匂い。あなたもまた、〝貴方《あなた》〟なのね？」

「私の箱庭をたのしんでくれて、ありがとう。あなたもまた〝貴方〟に成る可能性がある人だった」

「耳も、腕も、目も、内臓も、脚も、脳みそも、口も、爪も、歯も、心臓も。みんな目覚めた。あの子達も自分の意思で動き始めた。あの子達も、星を〝あの子達〟にしようと色々してるみたい、ふふ、たのしいことがたあくさん」

「あなたは惜しいな。〝貴方〟じゃないけど、似ているわ。その欲張りであきらめない所、とても素敵よ。でもここではダメね。もう死んじゃったもの」

「ここは私の箱庭、〝貴方〟の墓所、あなたの終わりの場所。でも、あなたはここで終わっても良いの？」

「ふふ、そうね。あなたでも〝貴方〟でも同じことを言うよね。いいよ。あなたを続けさせてあげる。でもね、ここじゃダメなの、あなたはここでは終わったの」

「1つのことが終わったら元に戻ることってとても難しいの、だから無理なのよ。あなたはもうここでは生きることは出来ない」

「でも安心して！　あなたに向いた場所がある。あなたは〝貴方〟に成るかもしれないのだから！　少しエコひいきしてあげちゃうね」

「そこは、ここではない世界。ここととは異なる世界。いろいろなことがあって、それでもきっとあなたは楽しめるはず。あなたはそこで好きにしていいの」

「ねえ、あなたはどんな風にしたいの？　どんな人生を歩みたいの？　何が欲しくて、何を大事にしてるの？」

「市民になって普通の生活を送るもよし。商人になってお金を稼ぐのもありね。あ！　大道芸人とかもありね！　見てみたいかも！」

「もちろん、危険な生き方もある。兵士になって戦うのも良いし、騎士になって武功を立てるのも良い、貴族にだってなれるかもよ？」

「あなたが興味あるなら、お空に浮かぶ学院を探して魔術を習ってみてもいいかも！　素質があるかどうかは分からないけれど……でもあなたならなんとかなりそう！　あとは、そうね！　教会！……はちょっと恥ずかしいから、出来ればあまり来なくてもいいかな…？　でもでも〝貴方〟に似てるあなたにお願いされたらまたエコひいきしちゃうかも」

「悪いことをしても良いの。泥棒になってたくさんの宝を盗むのも素敵、そうね、暗殺者や盗賊のギルド、かな。〝カラス〟を探して、血で生きて行くのもいいかも。あなた悪いことをする素質あるもの！」

「後は、あとはね、ヒト以外の種族と仲良くなるのもいいかもね。ホビットと賭け事したり、ドワーフと酒盛りしたり！　竜と語り合ったり、そう！　吸血鬼のお城も探してみて！　とても綺麗《きれい》なのよ！」

「でもね、わたしはやっぱりあなたは冒険者が向いてると思うな。この箱庭を心から楽しんでくれてたもの。きっと、その世界の塔も気にいるわ」

「うん！　そうしましょ！　ねえ、最上階まで来てよ！　もし、あなたが望むのならここへまた戻れるかも知れないわ」

「〝貴方〟に近いあなたが塔を登り切った後に世界がどうなるか、とても気になるわ！　塔を登ってよ、探索者、ううん、冒険者さん！」

「それにそうだわ！　塔に置いてきた〝貴方〟への副葬品《グレイブス》！　あなたなら少しだけ使ってもいいわ！　許してあげる!!　〝貴方〟はあなたに顔や体格も似ていたからきっと、似合うわ！」

「ふふ、楽しみだなあ。どれだけかかっても良い。全ての経験が、あなたの道のりが、その全てが、あなたを〝貴方〟へと至らせるのだから」

「それと、これは私からの贈り物。〝お耳さん〟が面白いこととしてたからそれを私なりにアレンジしてみたの。あなたがこれから行く世界は、その、少しだけこの世界より難しいからね」

「安心して！　〝難しい〟だったのが〝すごく難しい〟になるくらいだから！　これはあ

なたの助けになるわ。きっと、あなたのライフをよりわかりやすくしてくれる筈《はず》よ。〝矢印の導き〟を助けにしてね、あ、そうね、読むことが好きな〝あの子〟もそろそろ退屈してる頃だし、お話し相手になってあげて！　大丈夫、きっと気が合うわ。だってあの子も元は上の島に住んでたんだもの！　司書さんだったのよ？」

「ああ、大丈夫よ。いつもいつもは矢印は出てこないわ!!　ふふ、こういうの〝縛りプレイ〟っていうのよね？　ええ、素敵な言葉だわ。全部簡単じゃ、つまらないもの」

「あ、そろそろだね。わたしの箱庭を楽しんでくれてありがとう。ねえ、強欲なあなたの人生の続きを見せてよ、ええ、そう――あなたのこの人生の続きは、ううん――」

「現代ダンジョンライフの続きは異世界オープンワールドで」

「たのしんでね！　あなたは、どんな人生をみせてくれるのかな」

声が消えて、それから。

光。

闇の中に光が何度か瞬いた。

落ちていくような、上っていくような浮遊感。

そして――

ver1・0から、ver?$↓へ。
〝探索者深度〟　引継ぎ
所有　〝遺物〟　引継ぎ
獲得技能を〝スキル〟へと変換……変換失敗。
〝鈍器取扱い〟、〝いぬ大好き人間〟、〝殺●適性〟、〝オタク〟、〝頭ハッピーセット〟、〝戦闘思考〟、〝女運：hopeless〟などの技能をそのままに引き継ぎ。
プレゼント特典　〝秘蹟《システム》〟【クエストマーカー《BADエンド好き》】を獲得……

幕間　ある竜のたいくつ

また一つ、お母様のおとぎ話が終わった。

「ああ、退屈だ。たいくつだ」

その女は地下にある闘技場の真ん中、ぼんやり上を見ていた。長い外はねした金の髪、陶磁器のごとき白い肌。美しい声が死臭の漂う空間に響いた。

「もう死んだのか？　もう動かぬのか？……ああ、また終わってしまった」

彼女が腰かけているのは、巨大な芋虫の怪物の死骸、モンスターの中でも古代種とよばれる存在。帝国暦が始まる前、大戦期からその存在が確認されているおとぎ話にでてくるような化け物の死骸の上、いじけるように体育座りしていた。

「お嬢様、お見事にございました。２００年前に一国を飲み干したと呼ばれる古代種、モンゴリアン・デスワームをまさか目隠ししたまま息の根を止めてしまうとは……」

音もなく現れた鋭い鷹《たか》のような眼《め》をした燕尾服《えんびふく》の老人。座り込んでいる女に腰を90度折り礼をする。

「ふん、世辞はよせよ、じいや」

青い血をべたりと浴びた女はつまらなそうにため息まじりに声をもらす。顔半分を青く染めた彼女はどこまでもけだるげに目隠しをしたまま、老人を見上げた。

「ご機嫌がよろしくありませんな」

「……おとぎ話がな、幼き頃、眠るのが怖かったオレにお母様がお話ししてくれた数多《あまた》のおとぎ話がな、ひとつずつ終わっていくのだ」

「…………」

「オレは、生きるとはたのしいことだと思っていた、世界にはオレを愉《たの》しませるに値するモノが無数にあり、オレが集めるに値するモノであふれていると思っていた。オレはそれを手に入れるために苦労し、困難に立ち向かい、勝利してそれを手にする。お父様もお母様もそう教えてくれた」

だがそうではなかった、彼女の期待はこの100年で完全に失われていた、どこまでもつまらなそうにぼやく。

「……鉄血竜様も、花竜様もお嬢様にこの世界を愉しんでいただきたいのでしょう。お二人のお言葉は間違っていないかと」

「かか、本当にそうか？　オレは退屈だ、ヒトはオレを見て崇《あが》めるか、畏れるか、避けるかの反応しかしない。この世にあまた存在していたおとぎ話、幼きオレを恐れさせていた伝説たちも、ふたを開けたらこのザマだ。オレはなにも、たのしくないよ、じいや」

彼女は、世界に期待していた。彼女は世界にそうあれかしと定められて生まれてきた。世界に愛されて、世界を愛し、護《まも》るための存在として造られてきた存在だった。

「退屈だ、本当に退屈だ。すべてが簡単で、すべてが下らぬ。簡単なのはつまらん。ああ、生きるとは、退屈なことなのだ」

「……お嬢様はまだお若い、そう判断されるのはお早いものかと」

「お母様にもそういわれた。だから今日こうして、幼い日のオレを恐怖させたこの伝説と殺し合ったのだ。ああ、おとぎ話はおとぎ話のまま胸にしまっておくべきだった。コレも退屈でつまらぬ、価値のないものの一つであった」

彼女は世界に失望していた、選ばれし存在として生まれた彼女の力は強すぎた、彼女の存在は異質かつ尊すぎた。ヒトにも混じれず、化け物ですら届かぬ存在。

「なにも知らなければよかった、おとぎ話の正体も、ヒトの弱さも。あこがれたまま、眺めるままにしておけばよかった。これでは竜界となんら変わらぬ、時間も滅びもないあの不変の場所と同じくらい人界も退屈で仕方ない」

彼女はどこまでも孤独だった。望めばすべてが手に入るのに、どこまでも退屈で孤独な存在だった。

「……お嬢さま、なにか、なにかほかのお望みはございませんか？　この老骨にできることならば、御身の退屈を晴らすためいかようなこともする覚悟でございます」

苦々しい声、猛毒のカークオの実を溶かした毒汁をなめたような声で、燕尾服の老人が彼女へ問いかける。少しの沈黙のあと、彼女が目隠しをほどいた。

「ならば、面白きことを。ああ、そうだ、退屈だ、オレは本当に退屈だ。何もオレを脅かさない、欲しいものは苦労もせぬまま手に入ってしまう、これをどうにかしてくれぬか、じいや」

蒼《あお》い眼だった。空の最も高い場所、星の広がる世界と雲と空の世界のはざま、最も濃く最も蒼いダークブルーの空を宿した瞳があらわになる。その眼に光はなく。

「どうすればオレの退屈はなくなる？　教会はつまらぬ、騎士はみな弱く、オレを崇めることしかしない。王国の竜教団も同じ。ヒトの中ではマシなあの天使教会の銭ゲバはオレとは絶対に争わぬ。同じ人界にいるあの全知の竜は論外だ。では冒険者か？　塔級冒険者のうち何人がオレとまともに戦える？　ならば勇者か？　人界の危機にアレはヒトの祈りによって生まれるのだろう？　ああ、そうだ、ならばいっそ――」

彼女の退屈は彼女を歪《ゆが》ませる、試練なき、苦労なきその生は生き物にとっていいはずのものでなく。

「世界を滅ぼしてやろうか」

彼女が、望めばそれは出来てしまうだろう。たとえそれが彼女の本当の願いでなくとも。

「いいえ、貴女《あなた》はそれをやりません、それだけはやりませぬ」

しかし、老人はその言葉を否定しきった。彼は知っていた、己の主《あるじ》が善の存在であることを。その力の使い道を誤ることはしないことを。

「……ふん、つまらぬ。ああ、それともじいや、貴様がオレの退屈を壊してはくれぬか？　貴様であれば竜と争う相手として不足はないだろう」

彼女が、狂暴な笑みを浮かべる、暴力と闘争、残虐性を生命の本質として持ちながらも彼女自身の本質は善であるという矛盾、それが彼女をゆっくり歪ませる。いっそ悪ならばここまで退屈を感じることもなかった。

竜が嗤《わら》う、壊れる寸前である世界の守護者が力なく。

「主に手を上げることはしませぬ、しかしこのベルナル、身命をかけ御身の退屈を解決いたします」

従者はしかし、首を振る。侍《はべ》るものとしての矜持《きょうじ》もあった、しかし何より自分ではダメということを何よりも理解していた。彼女と同じ、高き場所にいる自分ではダメなのだ。

「お嬢様、貴女のそれを埋めるものはヒトであるべきです。おいたわしや、お嬢様」

幼き竜にははじめからあまりにも多くのものが備わりすぎていた、強い身体《からだ》、7つの命、生物を圧倒する美、そしてヒトの心を見透かす竜眼。あまりにも恵まれた生き物は退屈を嫌い竜界を飛び出した。だが人界もまたおなじく退屈なものだとすぐに彼女は思い知らされた。

「ヒトか、ヒトはつまらん。奴《やつ》らの心、どれもみな同じだ。オレを見たヒトの心はみな、恐れか、賛美か、崇拝か。不愉快なのは奴ら、舌の先でさえずる鳴き声と浅い心で吐き捨てる言葉が全く違うのだ。くだらぬ、じいや、貴様のように心が見えぬようなものならまだかわいげがあるものをな」

竜が、つまらなそうにつぶやく。一部の者を除いて、ヒトはみな嘘《うそ》をつく。気色わるかった。言葉と心がまるで異なるその生き物に竜はうんざりしていた。

「まあしかし、教会の銭ゲバや帝国のジジイのようにたまに面白い者もおるゆえに、まあ滅ぼすのはやめておいてやるか」

傲慢な言葉、だが彼女はその言葉を許された側の存在だ。上位の生物、選ばれし命は時間をかけてゆっくり、ゆっくり、歪みつつあった。

「お嬢様……」

昏《くら》い瞳の竜を見つめて、老人が己の無力を嘆くように力なくつぶやく。

この幼き竜は歪み始めている。今、彼女に必要なのはその歪みを直す衝撃。己が期待し、失望していた者たちからの反撃。炎の熱さを思い出すには、炎に触れるしかない、だが老人は自分ではその炎になりえないと理解していた。

「かか、じいや、苦労をかけるな……まあ、期待しないで待っておくさ」

「何をおっしゃいますか。……お体が冷えます、湯あみの準備をしていますゆえ、まずはそちらに」

「……ああ、わかった」

竜が力なく笑い、立ち上がる。金色の髪を触りつつ、己が下した期待していた者の残骸を最後にもう一度見下ろして歩き始めた。

「ファラン、お嬢さまのお顔とお召し物を整えよ」

老執事の声に、突如メイド服に身を包んだ女性が現れる。怜悧《れいり》で小さな顔に喜怒哀楽はない。

「は、しつじどの。おじょうさま、しつれいを」

歩きながら、メイドが彼女の返り血を布で拭う。チュニックには蒸気を当てて汚れを浮かし、それを拭ってゆく。竜の歩く動作に完璧に合わせて行われる奉仕に一切のよどみはなく。

「くるしゅうない、ファラン。のう、ファラン、貴様ならば――」

彼女が、竜がメイドのその動きに目を細め、真っ赤な舌をのぞかせて、唇をなめた。

「わたくし、おじょうさまのメイドですのでー、貴女様に手を上げたりとかはできませーん」

「むう、まだ何も言うとらぬに」

退屈だ、ああ、退屈だ。

おとぎ話は次々と終わっていく、オレはまた一つこの世界に失望していく。竜は思う、自分のこの空白が満たされるときがくるのか、と。竜は思う、この空白が満たされなかったとき、自分はいったいどうなってしまうのか、と。

自分がこれからどう変わっていくのか。まるで思春期のヒトのような情動をその上位生物は抱いていて――

――だいじょうぶ。


「む？　ファラン、貴様なにかいうたか？」

「えー？　特になにも申し上げてーございませんよー？」

「では。じいやか？」

「どうなされましたか？　お嬢様、わたくしも何も申し上げておりませぬが」

「……いや、よい。気にするな」

竜はその声を聴かなかったことにした。期待するだけ無駄だ。この世界に自分の手の及ばぬものはなく、自分を脅かすものなど存在しえない。だからその声にも期待しないことにした。裏切られるのが怖かった。

「さっそくですが、お嬢さま、本日これからのお戯れとしてこのベルナル一つご提案がございます」

「申せ」

歩きつつ、メイドに身だしなみを整えられながら会話が続く。やわらかい布で青い血が拭われる。メイドが指を振るとほわりと空中にクラゲのように浮かぶ水、白い蒸気をまとったお湯が現れる。

「は、狩りでございます。先日、一級の冒険者がヘレルの塔より持ち帰った情報から2年ぶりに塔の一階にて巨人種〝サイクロプス〟の存在を確認。一級への昇級試験を兼ねてある2級冒険者の徒党がこれを討伐に向かうとのこと」

「で？」

女の長い金の髪、こびりつく青い血や埃《ほこり》をふわふわ浮かぶお湯がまとわり流していく。シャボン玉のようなお湯の中、金の髪の毛が躍る。

「趣向を変えまして、お嬢さまには彼らとの狩り比べをお楽しみいただきたく。2級とはいえ50人規模の冒険者の徒党です。感覚の鋭い獣人を中心とし、冒険奴隷《カナリア》も多数そろえております。そして何より、塔級冒険者の〝不死〟が身をやつし監査役としてその徒党に参加しておりますゆえ」

「ほう、あやつか。ふむ、ならば良い。あの男がおるならばそれなりの余興にはなるだろう。じいや、許す、貴様の興に乗ってやろう」

彼女は鋭い牙をのぞかせて笑う、心はしかし、弾まない。彼女は知っている、きっと今回もなにもたのしくないだろう、きっと今回も己はまた一つ何かに失望するだろう、と。

「……ありがたき幸せ」

「あ、おじょうさまー、よろいのお掃除も終わっていますのでー、どうぞお使いくださいませー」

これは、世界に退屈しきったある竜の話、未《いま》だ始まらぬ物語の一幕。彼女は知っている、己が特別な存在であり、どこまでも孤独な存在であると。

「ああ、そうさせてもらおう、天使にでも祈っておくさ、今回こそ、オレの鎧《よろい》に傷の一つでも付けることのできる者が現れることをな」

彼女は知っている、そんな存在は決して存在しないことを。今回も苦労もなく、危機もなく、試練もなくすべて終わることを。

少し興を変えて冒険奴隷《カナリア》でも捕まえて遊んでみるか、彼女がその竜としての残忍さに唇を吊《つ》り上げて。


――だいじょうぶ。あなたのたいくつはもうすぐおわるから。

「――ふかか」

また聞こえたその声に彼女は笑う。

執事やメイドの様子からやはりその声は彼女にしか届いていない。上位生物、竜である彼女にすら気配を感じさせず、声のみを届けるナニカからの呼びかけ。

「ああ、期待せずに待つとしよう」

その声にすら、彼女は期待しない。自分が興味を持てばそれはすぐに褪《あ》せるから。自分が触れればいかなるあこがれも、すべて終わってしまう。彼女は知っていた、自分はこの世のどんな存在よりも高き存在であることを。


──だいじょうぶ、かれはきっとあなたをうらぎらない。


声は続く、高き存在たる竜にささやく。その存在を。人の域にありながら酔いで茹《ゆだ》った脳みそとハッピーな倫理で神秘を殺す存在をうそぶく。

「……ふん」

竜はその由来のわからぬ声に、全く動揺しない。

竜は知っていた。どのような不思議も理外の存在も己には及ばぬことを。だからその言葉を聞き流す。わずかな興味にすら目をそらした。

「どうせ、なにも。また退屈が続くだけだ」

——くるよ、くるよ、ぼろをまとって、古い〝キリ〟と、たくさんの〝本〟、それと大きな〝わんわん〟をひきつれて、〝かれ〟が塔にやってくる。だってわたしが呼んだんだもの。

だが、竜は知らなかった。その存在を。

50万年もの間、他者を殺し、奪うことによって進化してきた生き物を、己の欲望のためにどんな化け物だろうと殺し尽くすその生き物を、真の星の支配者を、この世界の竜は知らなかった。炎の熱さを、人間の力を、その竜はまだ知らず。

竜のどこまでも退屈そうな言葉と裏腹に。

——わらいながらやってくる、ゆめをすてず、なにもすてずに、今度こそすべてを手に入れるためにやってくる。

その声はどこまでも、たのしそうに。

——たんさくしゃが、やってくる。

第一話　奴隷スタート

ごとん、ごとん。

揺れていた。

ごとん。大きく、揺れた。

「……ふが」

目が覚める。尻と背中に硬い感触、自分が何かに座っていることに気付く。

遠山鳴人《トオヤマナルヒト》はゆっくり、目を開けた。

「ああ、そこのあんた、やっと目を覚ましたか」

「……あ？」

やけに渋い声、声の方を見る。

「あの街の関所を抜けようとしたんだろう？　俺やそこらへんの難民連中と同じで、〝冒険者〟共の罠《わな》に飛び込んだわけだ。だが、お互いついていないな、よりによって〝冒険奴隷《カナリア》〟を探していた連中に捕まるとは、ロクな死に方は出来ないぞ」

誰だ、こいつ、何言って――遠山が、息を呑《の》む。目の前に座って、話しかけて来た男の顔を見て、固まった。

「……どうしたんだい？　リザドニアンがそんなに珍しいかな？」

トカゲだ。人間の身体《からだ》に顔はトカゲヅラの男が座っている。

目の前で、ボロの服を纏《まと》ったトカゲ男がそれはもう流暢《りゅうちょう》な言葉で話していた。

遠山は目をこする。トカゲヅラを眺めて、彼の頭の上にフヨフヨと浮いているそれに気付いた。

〝⬇〟こんなマークが、フヨフヨと浮いていて。

「……やじるし……？」

ふわり、矢印の上にまたフヨフヨと何かが浮かんでいた。なんど、目を擦《こす》っても、ソレははっきりと——


【メインクエスト】

【冒険奴隷《カナリア》】


メッセージが、デンデンと低い太鼓の音とともに視界に流れた。

「……ウソだろ」

「どうした？　ずっと眠っていたようだがアンタ、この状況でずいぶんと、その、肝が太いんだな」

【目標達成　リザドニアンの奴隷と会話する】

トカゲが喋《しゃべ》った。それと同時、視界に言葉が流れて風景に溶けるように消えていく。

いつのまにか矢印も消えていた。

「矢印、消えた……」

「……どうやらまだ寝ぼけているようだな。うむ、その、もし、よければだが」

トカゲ男が懐から何かの包みを取り出す。何かの植物の葉に包まれていたのは、茶色のふわふわした何か。

「俺が作っておいた黒パンがある。食うかい？」

どういうことだ、これ。

ダンジョンで死んだと思ったら同じ何かに乗っているトカゲにパンを勧められている。

遠山がぼーっと、差し出されたパンを眺めて固まっていると——

「……ああ、いや、すまない、リザドニアンが作ったものなど気持ち悪くて食えないよな」

しょんぼりした様子なのがはっきりわかる。尻尾がへにょんと垂れて目尻が下がった表情は人間よりもわかりやすい。

「あ、いやいや、食っていいんならもらうよ。どうも」

ライ麦のパンだろうか？　遠山は差し出されたそれをパクリと口に放り込む。もふり。少しパサパサしてるが良く噛《か》むとほのかな甘みに生地の柔らかさがよくわかる。滋養を感じる味だ。

「……食った？　食ったのか？」

トカゲが目を丸くした。

「え、ダメだった？　うめえな、好みの味だ。甘さ控えめで健康的、ライ麦か？」

遠山の言葉にトカゲ男が、あ、うと言葉を詰まらせている。

縦に大きく開かれた瞳孔が、黒パンをモグモグと頬張るその姿をじっと映していた。

「うまい、うまいのか、……そうか、そうか……」

顔を押さえてトカゲ男が下を向く。

渡したパンが惜しくなったのだろうか。肩を震わせるトカゲ男を見つめ、遠山はあることに今更気づいた。

「……あれ、てかなんでお前手錠外れてんの？」

「あ、ああ、連中安物使ってたからな。忍ばせておいたロックピックで外したんだ。荷馬車の中じゃバレないさ」

「ほーん、夢にしては設定がしっかりしてんな」

遠山がなかばぼうっとしたままつぶやくと──

「おい!!　うるせえぞ!!　静かにしてろ！　奴隷ども！」

ほろの向こうから下品な声が響いた。耳に響く大声に遠山が顔を顰《しか》める。

「……思ったより耳のいいやつもいるようだな。獣人も混じってそうだ」

「獣人……ほーん。あれか、異世界転生モノに最近ハマってたからそういう夢か。走馬灯とはまた違うな、死んだ後に見る夢か？」

死後体験？　花畑の中で死んだ家族が待ってるのが定石だが、家族がいないとこういう夢になるわけか。遠山はなんとなく自分を納得させ、息を吸う。身体の感覚もまるで現実だ。何一つ朧気《おぼろげ》な部分がない。

「……アンタとは微妙に話が噛み合わないな。どこから来たんだい？　故郷は？　見た目的には帝国の東部の出かな？　黒い髪と栗色《くりいろ》の瞳は珍しい」

「あー、故郷？　ニホン。ニホンのヒロシマだ、まあ物心ついた頃には施設暮らしだったからどこで生まれたかまでは覚えてねーけどな」

「ニホン……？　〝第二文明の大ニホン共和国〟の話か？　ふむ、アンタさっき冒険者の連中と大立ち回りしてたからな。頭でも打ったんだろう。……だけど、いい奴《やつ》だな。リザドニアンとこうしてまともに話して、あまつさえ差し出されたパンを食べてくれるんだから」

「いや、逆だろ。パンわけてくれたアンタの方がいい奴だと思うけど」

遠山の何気ない呟《つぶや》きに、トカゲ男の動きが止まった。口を開けて、ポカンと、固まる。

トカゲ男が口を開いた、その瞬間だった。

がらら。車輪の一際大きな音。馬車が止まったのだと感覚で分かった。

「……止まってしまったか。最期にいい思い出が出来た。ありがとう、旅人さん」

トカゲ男がどこか影のある笑いを浮かべる。

「え？　夢？　なんだ、止まったってどう言うことだ？」

「……一巻の終わりってやつさ。ああ、偉大なる祖、そして清廉なる我らが天使に感謝を。最期の瞬間にあなたたちは俺に夢を見せてくれた」

「世界観が分からん、どういう夢だ……夢にしちゃあなんか、なあ……」

祈り出すトカゲに遠山が頭を捻《ひね》る。未《いま》だに状況が摑《つか》めない。

「おい!!　さっさっと降りろ!!　目的地だ!!　妙な真似《まね》すんなよ！」

馬車室の外から声が響き始めた、怒鳴り声まがいの粗野な声だ。

「パイン、そこの馬車はあの男が入っている馬車だ。ロン隊長からの指令ではあまり刺激するなって言われただろ？」

「うるせぇよ!!　ちんけなコソ泥リザドニアンに、お上りのヒューマン程度だろうが！　ロンの野郎の肝っ玉がちいせぇだけだ！　おい、降りろ！　咬《か》み殺すぞ！　奴隷ども！」

パインと呼ばれたものの声はさらに大きくなる。

「……いくか。獣人は短気だ。癇癪《かんしゃく》で殺されかねん」

「お、おお、獣人……？　トカゲ男の次は獣人……えらくファンタジー気味な夢だな。異世界転生モノ読みすぎたなこりゃ」

立ち上がり、トカゲ男に先を促されるまま腰をかがめてほろの中を進む。

開かれた扉から外へ降りる――

「ようやく降りてきたか、往生際が悪い！　オラ！　さっさと降りろ!!　クソが！」

まじか。トカゲの次は、犬みたいな男、犬男だ。

革の胸当て、簡素なズボン、けむくじゃらだが身体は完全に人間、首から上は尖《とが》った口に、尖った犬耳。犬ヅラ。だがあまり可愛《かわい》くない。人間の嫌なところと獣の不気味さが合体した顔だ。マジで、獣人。ファンタジーモノの獣人、そのまんまのやつがいた。

周りをよく見ると同じような馬車がたくさん停《と》まっている、いかつい連中がそれの御者をして、荷台から人を降ろしていた。

「フラン、このひとたち、みんな……」

「エル、仕方ないでしょ？　塔は危険なんだから。彼らを使ってある程度モンスターの位置や危険地帯を把握しておかないと。みんながみんな塔級のような真似が出来るわけないわ」

　近くの馬車の御者席から聞こえた綺麗《きれい》な声、遠山がそちらをちらりと見て、固まる。

　まじかよ。その女の頭上についているあるモノに釘付《くぎづ》けになる。

　簡素で実用的な軽そうな革鎧《かわよろい》、タイツのようなボトムス、西洋人風の整った顔、そして

――


「猫耳……マジか、いい夢すぎるだろ」

　遠山の視線に気づいたのだろうか、小柄な方の猫耳がぴょこんと耳を揺らし、ちらりとこちらを見て、気まずそうに目を伏せた。

「おい!!　早く一列に並べ!!　お前はこっちだ！」

　ぐいっと、肩を引っ張られる。しかし遠山はびくともしない。あまり力を感じなかったので引っ張られたことにも気づかない。

　どこだ、ここ。建物か、洞窟？　遠山はあたりの様子を確認する。広いホールのような空間、床や壁は人工物らしく磨かれている。所々に灯《とも》されたたいまつが光源みたいだ。

「な、に？　なん、だコイツ、重てえ!?　おい、この、こっちだ！　この!!」

いよいよ両手で坊主頭の男が遠山《トオヤマ》の肩を引っ張り、ようやく引っ張られていたことに気づいた。

「おっと、ああ、そっちね、へいへい」

「なん、だ、こいつ……」

気味の悪いものを見たかのように坊主頭の男がその場から立ち去る。遠山は同じボロボロの服装をしている連中の方へと歩く。

歩きながら周りをよく見ると武器を揃《そろ》えて武装している連中が多い。馬車に乗っている女も男も、武装しているのがいる。

「ここで待て!!　命令あるまで動くなよ！　奴隷！」

遠山がキョロキョロし続けていると、不意に声をかけられた。

「おい、てめえ、今さっきエル・フラン姉妹に色目送ってたよな？」

遠山よりも2つ頭ほど高い身長、上から獣の唸《うな》り声《ごえ》混ざりの言葉がふりかかる。強い獣臭とともに——

「え、なに？　ヴっ!?」

衝撃、いきなり鳩尾《みぞおち》を殴られた。思わずその場に倒れ込む。

「次、舐《な》めたことしてみろ。その耳、引きちぎって目をくり抜いてやる。奴隷風情が調子に乗んなよ」

髪の毛を引っ張られ、耳元で凄《すご》まれる。けむくじゃらの獣ヅラ、酒臭さと獣臭さが混じる体臭。

夢とは思えないリアル。

だからこそ遠山のスイッチは簡単に入った。遠山鳴人《ナルヒト》を〝探索者〟たらしめていた適性だ。

あと2回むかついたら、──遠山はふと、決めた。

現代ダンジョンに満ちる酔いは人の脳を変質させる。良心のタガを緩め、爬虫《はちゅうるい》類脳を肥大化させていく。遠山の過ごした探索者としての3年はすでに遠山の脳みそを作り変えていた。

「おい、スプーン、いいのぶちかましたな、あの奴隷、なんかあったのか？」

似たような恰好《かっこう》の獣人がへらへらしながら遠山を殴った獣人に声をかける。

「ああ、あの奴隷、我らがお姫様たちに色目つかってやがったからな。猿野郎はどこでも誰にでも発情するから手に負えねえよ、ぎゃはは！」

「………」

探索者時代、周りの人間からチベットスナギツネに似ていると言われた細い目がじっと犬男の背中を見つめていた。

「……おい、あんた、大丈夫か？　一番最悪な奴隷、冒険者の奴隷らしい扱いだったな……〝塔のカナリア〟か」

手を貸して起こしてくれたのはさっきのトカゲ男だった。いつのまにか外していたはずの手錠を付け直している。手先が器用なのだろうか？

「いてて、冒険者……あいつら、冒険者？　あのギルドとかなんやらでわちゃわちゃするやつ？」

ファンタジー小説などでお馴染《なじ》みのそれ。遠山は割と簡単にそれを受け入れた。馴染みのある言葉だ。

「ああ、その冒険者だ。数ある奴隷の雇い主でも最悪の部類だ。……この感じ、おそらく塔への挑戦を許された一級、もしくは2級冒険者の徒党ってところか。カナリアとは……

一番ロクな目に遭わない奴隷だな」

「ほー、夢にしてはなんか複雑だな。いてて、それにしてもリアルだ。腹ぁ、殴られた感触もリアルでよお」

「……あんたが正気に戻ればもしや、とも思っていたがどうやら無理らしいな。……良い思い出を胸に覚悟を決めるとしよう」

トカゲ男はそれから俯《うつむ》き、黙ってしまう。なんか夢の割にマジに細部が細かいな。

遠山は何ともなしに、ざわつく周りに聞き耳を立てる。馬車がどんどん後から現れてちょっとした集団になりつつある。馬の臭いが少し、鼻についた。

回廊、今いる場所に遠山は既視感を感じていた。何かに見つめられているような感覚。

ダンジョン、現代ダンジョン、バベルの大穴の中で感じるヒリついた感覚をここでも感じていた。

「アイリス！　それぞれのメンバーに装備チェック!!　徹底させな！　それと奴隷連中の要注意メンバーの引率を一度集めて！　特にあのアホ三兄弟！　今日は失敗するわけにはいかないよ！」

「ロン隊長はどこ？　またお腹下《なか》したの？　もう、あの人はほんとメンタルがミジンコなんだから、腕だけなら一級にも引けを取らないのに」

「各員、巨人種〝サイクロプス〟の出現予想の区間を再整理！　周囲にまず〝冒険奴隷《カナリア》〟を放って様子を見ます、奴隷の手錠に探査系の魔術式紋が入ってるか再確認しておいてください！」

「あの暴れた奴はどこの馬車だ？　ああ、あの三兄弟んとこか。なら大丈夫だろ。中々頑丈な奴だったな。出会いが違ってりゃ冒険者になってそこそこ行けたんじゃねえか？」

「まあ、巡り合わせだわね。とにかく今日の仕事はミスは許されない。後もう少しで〝竜の巫女《みこ》〟様も参られる、情けない所は見せられないよ、少しでもあの方の興を引かないと」

「〝塔級冒険者〟との狩り競争、ね。これさえうまくやれば俺らも一級の目が出てくる、やっと運が廻《まわ》ってきたんだ、成功させるぞ」

周囲の会話はどれも鮮明だ、なんとなく自分の状況が理解できる、遠山は聞き耳をたてつつ　身体《からだ》の感覚や着ているものを確認する。粗末な布の服、腰に巻かれている布、スカスカなズボンに、グダグダの革の靴。

「……なんかサウナの館内着をしょぼくしたような服だな、こりゃ」

トカゲ男と似たり寄ったりの粗末な服装。肌さわりも最悪だ。

「おい!!　さっさと動け！　ぶち殺すぞ！」

叫ぶ犬男、殺す、という言葉をあまりにも軽く扱い、周りの弱々しい奴隷達《たち》を蹴飛ばしたりするその様子。

遠山はまたムカついた。

あと1回。

ボロ布の集団が冒険者達に追い立てられながら、列となって動き始める、遠山もぼんやりと流れに乗って前についていく。ボロ布の服を着せられている人間は皆一様に手首を手錠で縛られているようだ。

……どういう夢だ、これ、ほんとに。てか、俺、死んだよな？

あの化け猿の群れ突破して、一層デカい化け猿始末して、そのあと腹を抉《えぐ》られて、なんとか逃げて、でも、ダメだったはずだ。……そこから、どうなった？　誰か、が、何か言っていたような……。

遠山が記憶を掘り起こそうとしたその時――

「トカゲ!!　てめえもさっさと歩け！　皮を剝いでサイフにしてやろうか!?」

またやかましい声が響いた。低く怒鳴る声、子どもの頃にいた施設の職員が子どもたちに向ける怒鳴り声に似ていた。

「ああ、わかってるよ……ッブ!?」

トカゲ男が、犬男に殴り飛ばされた。警告も何もなく、なんの遠慮もなく振るわれた拳。

「あ、ひでえ」

遠山はその様子を視界に収める。暴力。自分がやるのは別として、他人が振るうのを見るのは気分が悪い。

「偉そうな話し方してんじゃねえ、リザドニアン。許可なくしゃべるな、トカゲ野郎と同じ空気を吸うだけでも気分が悪くなるんだ、よ！」

理不尽な言葉とともに、這《は》いつくばるトカゲ男にもう一発蹴りを入れる犬の獣人。

「……う、うう……」

地面に這いつくばり悶絶《もんぜつ》するトカゲ男、彼のふところから蹴られた衝撃でなにかがこぼれおちて――

「あ？　なんだ、こいつ、まだ何か隠し持ってやがる……なんだ、こりゃ、パン、か？」

指でそれをつまみ、包みを破り捨てる犬の獣人、それはさきほど遠山がわけてもらった黒パンだった。

「ほー、こりゃすげえ、ロン隊長の持ち物検査を潜《くぐ》ったのかよ。コソ泥にしとくにゃ惜しいなあ」

「リザドニアンが。汚ねえモン見せやがって。隠し持って食おうとしてたのか？」

嫌悪感を隠す様子のない犬の獣人の１人がパンを放り棄《す》てながらトカゲ男に問う。

「……違う、誰か、腹を空《す》かせたらいけないと思って」

トカゲ男がよろよろと身体を起こす、しゃがみながらも、犬男が投げ捨てた黒パンを拾おうとして。

「あ」

ぐしゃり。

トカゲ男の目の前で、武装した犬男がそのパンを踏み潰した。

「ぶふ!!　ギャハハははは!!　おい！　聞いたかよ!!　誰か腹を空かせたらってよ!!　馬鹿が！　リザドニアンの持ってたパンなんて誰が食うかよ!!　俺なら餓死寸前でもてめえが触れたもんなんざ舐めたくもねえよ！」

嘲笑、犬男たちが大口を開いて嗤《わら》い始める。

「……あ、俺の作った、パンが……」

トカゲ男が呆然《ぼうぜん》と、踏み潰されたパンクズを眺めて呟《つぶや》いた。

その呟きでさらに周りの連中の笑い声が大きく、大きく。

「作ったぁ!? おい、お前ら聞いたかよ！ リザドニアンがパンを作ったってよ!!」

「略奪と侵略しか能のねえ呪われた種族がパン作り!! 笑わせるなよ！ 気持ち悪い!!」

「賭けてもいいぜ！ てめえの作ったパンなんざ誰も食わねえ!! 気持ち悪くて吐きそうだ!! 奴隷ですら絶対にそんな気持ち悪いモン食わねえよ!!」

「おいおーい、あんまいじめんなよ、お前ら。まあ、トカゲヤローなら別にいいか」

「汚い、ちょっと、その奴隷、リザドニアンとかあたしたちに近づけないでよね。鳥肌立ってきちゃう」

ぎゃははははははははははははははははははははははははははははははは。

汚い笑いが渦巻く。犬男たちだけじゃない周りの武装している連中はみんな笑っていた。心底楽しいものを見ているかのように。

「……く、う」

トカゲ男が、うずくまり、丸まる。長い尻尾がくるりと身体を巻いていた。

粗野な連中の嘲り、罵倒、汚い言葉が、広い回廊に響き渡り続けた。周りの誰一人それを咎《とが》める奴《やつ》はいない。同じボロを纏《まと》った奴隷と呼ばれている連中さえ、どこかニヤニヤとした笑いをその口に浮かべてさえいて。

「あ？」

「お？」

「なんだあ？」

嗤いが止まる　その笑いを止めたのは、ある奴隷の行動だ。ふっと、列からはみ出て、静かにその耳障りな笑いを響かせる奴らのもとへ現れた。

遠山《トオヤマ》鳴人が、その笑いを止めた。犬男たちは笑いを止めて急に現れた奴隷を見つめていた。

「もったいねえ」

パンを、拾う。

踏み潰されてもまだきちんと形が残っていた。いいパンの証拠だ。手錠で縛られた手、指先をプラプラ揺らし、可能な限り埃《ほこり》を払って、そのままそれを口に放り投げる。

「…………え？」

「…………あ？」

踏み潰されたパンを遠山鳴人がひょいと拾いそのまま食べた。

もぐり、もぐり。じゃり。

砂まじり、埃まじり。

それでも呆気《あっけ》に取られた犬男たちのツラを見ながら食べるパンの味は悪くなかった。

「黒い髪に栗色《くりいろ》の瞳、捕まえた時に一番暴れてたやつだ！　ロン隊長が押さえつけた奴隷だ!!」

「こ、コイツ、汚ねえ、リザドニアンが作ったパン、食いやがった」

「て、てめえ！！！　何勝手に動いてやがる!!　奴隷が!!」

遠山が、げふっ。ゲップをかます。

「美味《うめ》え」

一気に逆立つ毛、犬男たちが唾を飛ばして叫び散らす。

「あ、あんた……」

トカゲ男が信じられないものを見たかのようにその爬虫《はちゆうるい》類の眼《め》を大きく見開いて。

「トカゲ男、まだパンあるのか？」

「え、あ、いや、今ので最後だ」

「そうか、じゃ、また作ってくれ。美味《うま》かった、金は今度払う」

「あ、あ、ああ。いや、アンタ、なんで、大丈夫なのか？」

「まあこの量なら腹は壊さんだろ、それより」

遠山は、トカゲ男の前に立ち、絡んできていた犬男たちを眺める。

ピコン。耳に届く軽快な音、同時に視界に現れる⬇のマーク。犬男たちをフヨフヨ浮かぶ⬇が指している。

数。１、２、３匹。武装。手斧《ておの》、腰に差した剣、背中に引っ掛けているデカイ槌《つち》。軽装、毛皮が分厚いから余計なもんがいらないのか？　夢のくせに設定がこまけーなー。遠山は呑気《のんき》に、しかし冷静にそいつらを眺めて戦力を測った。

「やってみるか」

上級探索者、現代ダンジョンという鉄火場を生き抜いてきた脳みそ、ダンジョン酔いにより倫理観や良心のブレーキをなくしている脳みそが判断した。

殺せる、と。

「何勝手に話してんだ！？！　また痛めつけられてえのか!!　奴隷!!　俺たち冒険者を舐《な》めてんのか!?　俺たちは２級の冒険者だぞ！」

「もう少し痛めとこうぜ、どうせサイクロプスを誘《おび》き出す餌なんだ、足や腕折っておいてもいいだろ」

「ロン隊長にはまたコイツが暴れたからっつっとこうぜ!!　舐めた真似《まね》しやがって!!」

いきりたつ犬獣人たち、それをみて周りの連中がはやし立て始める。

「おい見ろよ、あの兄弟がまた奴隷に絡んでやがる」

「殺すなよ！　そいつらにだって徒党の経費かかってんだからなー」

周りの人間。

武装している連中は止めようとはしない。面白い見せ物が始まった、といわんばかりにヤジやガヤを飛ばし始める。下卑たヤジ、耳に響く口笛。

「うざいな、こいつら」

実はすでに遠山鳴人《ナルヒト》の〝仕込みは終わっている〟。皆殺しにしてやろうかと遠山は一瞬考えたが、アレを使用した後のぶり返しや、それを使えばトカゲ男を巻き添えにしてしまうため使用をやめた。

「民度が低い、おまけに練度も低そうだ、雑魚の集まりか？」

だからやり方を変える、目に見えた挑発に犬獣人たちは簡単に乗る。

「ごちゃごちゃ何言ってんだ!!　奴隷!!」

「おーい、おいおい、俺聞こえたぞー！　なんかそいつ、お前らのこと雑魚とか言ってたぞ、パイン！」

「ぎゃはは！　奴隷にバカにされてんじゃねーか！」

「あーあ、あの奴隷死んだな」

周りの武装した男たちのヤジに犬男３人がキレ散らかす。

「このやろう、は？　奴隷が俺たちに舐めた口たたいたってのか？」

一番手前の犬男がずかずかと近づいてくる。牙を剝《む》き出しにして、腰に刺してあった剣を引き抜いていた。

「痛い目にあってもらうぜ、ヒューマン。俺はなあ、てめえみたいな奴隷が好き勝手に調子乗るのが我慢ならねえんだ」

犬男が、手斧を遠山に向けて振り上げて威嚇して。

「3回目」

「「「あ？」」」

遠山の呟きに犬男たちが同時に間抜けな声を上げた。

「お前たちには3回、とてもイライラさせられた」

遠山が、凄《すご》む犬男たちを、自分よりも頭2つは身長の高いそいつらを見上げた。

「食いもん粗末にする奴はクソだ。人の作ったものを踏み躙《にじ》る奴もクソだ。……イライラしてきたわ」

コイツらよく見ると、あの時の猿どもと似たような雰囲気するな。本格的にムカついてきた。遠山が通告を犬男たちに告げる。

ぽかんと、犬男たちがそれぞれの顔を見合わせて――

「「「ぎゃはははははは！！！」」」

大笑い。一気に噴き出す。

周りのヤジを飛ばしている連中も同じだ、最高に面白く、そしてマヌケを見た。そんな下品な笑いがホールに響く。

「おいおいおいおい、聞いたかよ！　アイツ、死んだわ」

「ぎゃははは！　アイツら、冒険奴隷《カナリア》にあんな態度とられてやんの！」

「お、お姉ちゃん、あの人、殺されちゃう」

猫耳の少女がその様子を眺め、顔を青くしながら声を震わせる。

「エル、もう見るのはおよし。まあ、バカどものガス抜きに1人の奴隷で済むのなら安いものさね、血の気が多い連中だし、ほかの奴隷のみせしめにもちょうどいいでしょ」

それとは対照的にもう一人の猫耳の少女、大人びた容姿の少女は小さくため息をつくだけ。

好き勝手宣《のたま》う連中、〝冒険者〟とやらを遠山は顔色一つ変えずに、観察する。やれる。そう判断した。身体《からだ》付き、腕は太いが腹が突き出ている奴が多い。動作、顎をあげて背筋がフラフラしている奴がほとんど。どれを見ても、二流、いや三流と判断した。

「よし」

獲物の品定めを静かに終えて、遠山がその準備を始める。誰も気付かない、奴隷、遠山鳴人が、その身体に備えている兵器のことなど。

「人生をなるべく豊かに生きる方法は沢山ある。俺の場合は1つのルールに従うって決めてるんだ」

それは遠山鳴人がたったひとつ、己の人生に課しているルール。

「なんだ、コイツ、気持ち悪ぃ、おい、何か聞こえたかよ」

冒険者たちはにやにやした笑いを止めない、遠山も言葉を止めない。たとえ夢だろうがなんだろうが、己のルールは変わらない。

「俺は俺のやりたいことをやる、欲しいものを手に入れようと努力する。自分の願いに正直に生きる、俺は俺の欲を裏切らない。何一つやりたいことも、ほしいものも妥協しない。それだけは、決めてんだよ」

「いいや、怖くて頭いかれたんだろ。やっちまおうぜ！」

「それは夢の中でも、変わんねー。ムカつく奴をぶちのめしたいっつーのも、欲。俺の欲望だ」

遠山は言葉を決して止めない。目の前で殺意をわかりやすく膨らませる犬男たちに向けて、淡々と言い放つ。

「欲望のままに。強欲に生きる。そーゆーふうに決めてんだよ」

脳がゆだる、遠山のやりたいこと、欲望はすでに決まっている。

「何いってんるでちゅかー？　ぎゃは、冒険奴隷《カナリア》、恐ろしくて頭おかしくなったか？　ほれ、ほれ、殺せるもんなら殺してみろよ、ほれ」

犬男の1匹が、手錠をはめられている遠山に対して顔を差し出すように戯《おど》ける。

「俺らのうち、1人の顔を殴れでもしたら逃してやっても――　……あ？」

ぺちゃ。

犬男の言葉が止まる。

遠山が至近距離で吐いた唾が、けむくじゃらの顔から垂れていた。

今の遠山の欲望は1つ。たった1つの目的のみ。

「ケモノ臭えんだよ、シャワー浴びてこい、タコ」

コイツらを永遠に黙らせることだ。

「こ、コイツ、唾を！！？　猿野郎!!」

遠山に向かって振り下ろされた手斧。バカらしく手だけは早いようだ。遠山は両手を手錠で縛られて丸腰状態。トカゲ男が、新たな暴力の予感にまた目を覆った――

ジャリリリリリリ!!

「あ？」

手錠、左右をつなぐその鎖で遠山が振り下ろされた手斧の一撃を滑り、絡め取るように受け止めて――

「な!?」

「安物だな、こりゃ」

ばちん！　簡素な作り、粗末な素材の鎖が千切れる。遠山鳴人の、〝上級探索者〟の両腕が自由になった。

「えい」

結果的に空振りした一撃、すきだらけの犬男。指を2本、そのまま犬男の目に突き刺す。目潰し。

「あ、ぎゃ？！！」

悲鳴、呆気《あっけ》に取られる他の獣人を尻目に悲鳴をあげる犬男が、手斧、自分の獲物を手から滑り落とした。

「武器手放すとか、お前ド素人か？」

そのまま手斧を遠山《トオヤマ》が拾い、当たり前のように痛みにうずくまる犬獣人の頭に振り下ろす。

ぐしゃり。脳天へ振り下ろした刃が簡単に頭蓋を砕いた。見た目よりもそいつの頭蓋、毛皮、骨は柔らかくて。

「1人」

「は、べ？」

どかり。眼窩《がんか》から血を流しながら倒れるそれを蹴り飛ばす。まだ、取り巻きは呆気に取られて動いていない。

簡単すぎる、怪物種の群れの方が何倍も手強《てごわ》い。

「あ、ヨイショ」

「ぅア?」

踏み込み、手斧を振り上げる。容赦、加減、一切存在しない。遠山鳴人はそういう人間だ。ぶん！　空を裂く手斧の一撃。2人目の獣人、ズボンの下、股間に向けてゴルフスイングのように振り上げる。

キン。何かを潰した。

「べ、べべ、べ」

あぶくを吹きながら2人目が倒れる。

「あ、は、はぁ!?　お前ら、どうして、なんで!?　奴隷があぁあ!!」

遅い反応。最後に残った3人目へ視線を向けて。

「お、お前、さっき俺の鳩尾《みぞおち》とトカゲさん殴ったやつか。リベンジするわ」

「あああああああ?!!」

ようやく、事態を理解したのか。最後に残った犬男が剣を振りかぶる。仲間を殺した奴隷をたたっきろうとして――

「ぶ、え?」

脇腹に、手斧が食い込む。大ぶりすぎるその剣の振り方は容易に遠山鳴人の脇腹への攻撃を許した。

「痛くても止まんなよ。気合い見せろ、気合い」

ぶるぷると痛みで体をくの字に曲げる犬男。

ぱしり。犬男の手から剣が消えた。

「あ」

「目には目を、みぞおちにはみぞおちを」

ぶっつ。

犬男の力の抜けた手から剣を遠山が奪う。あとはもう雑にそのまま剣先を犬男のみぞおちにねじり込んだ。

「え、ぶ」

「死ね、タコ」

そのまま、さらに剣の突き刺さった腹へ前蹴り。もちろん剣は杭《くい》のように蹴りによって打ち込まれ、更に犬男の鳩尾に食い込む。

「ぎゅぶ」

潰れたカエルみたいな声を吐き出し、犬男が仰向《あおむ》けに倒れる。バタバタと手足を暴れさせていたが、すぐに死んだセミみたいに固まって静かになった。

あっという間に、3人死んだ。

探索者が、冒険者を3人殺した。

「武器はよく手入れしてんじゃねえか。でも手斧《ておの》か。いまいち中途半端で好みじゃあねえんだよなあ」

からん。

役目を終えた手斧を投げ捨てる音が大きく、広く、響いていた。

ピコン。

【オプション目標達成　冒険者を始末する】
【メイン目標更新　冒険者の包囲網から逃げろ！】

目の端にまた、メッセージが。ははん、なるほど。これ、結構便利だな。遠山が視界に映る、フヨフヨ浮かぶ矢印が示す先を眺めた。

「あ、アンタ、すごいな……」

トカゲ男が目を白黒させる、目の前で起きた一瞬の攻防への感想はそれだけだった。

「おーう、トカゲ男、怪我《けが》ないか？　わりいな、アンタのパン、クズどもに踏み潰させちまった」

うまかったのによー。遠山が呟《つぶや》きながら手についた返り血を、死んだ犬男たちの服で拭う。

「うまかった、そうか……」

じーんとした様子のトカゲ男が目を瞑《つぶ》り、尻尾を揺らしていた。なんとなくこのトカゲの性格を遠山はわかり始めていていて。

「あ、やべ。悠長にしてる場合じゃねえな」

ふと気付く。ここは、敵のど真ん中。

この時点でようやく、周りの冒険者達《たち》が状況を理解した。奴隷が、仲間を、殺した。素行が悪く、評判も良くない。それでも同じ徒党の仲間で、そいつらが腕が立つことも知っていた。なのに、ヤジを飛ばして、奴隷がどんな死に方をするかの賭けを誰かが言い出して話がまとまる前に、気付けば仲間が3人死んでいたのだ。

「ろ、せ」

誰かが、言葉を。その声は震えて――

「あの奴隷を殺せエエエエエエ!!」

裏返っていた。ひどい、焦りようだ。

「ようやくかよ、灰ゴブリン連中のがよほど反応いいぞ」

遠山が、にいい、と凶暴な笑みを浮かべる。細長の目がそれはもう醜く歪《ゆが》んでいた。闘争の興奮に酔う。

「あ、アンタ……」

果たしてトカゲ男はどちらにおののいたのだろうか、殺気だつ仲間を殺された冒険者か、それとも遠山鳴人《ナルヒト》か。

「安心しろよ、トカゲさん。俺はもう、出し惜しみはしない」

「え？」

プランはもう出来ている。

ムカつく奴《やつ》を始末してスッキリ、だがここは敵のど真ん中。敵の群れに囲まれている状態だ。だが遠山は知っている、怪物を殺すことで金を稼いでいた遠山はコツを知っている。化け物の群れとの戦い方を――

「ああ――」

ふと、口元が緩んでいることに気づく。間抜けな殺意全開のクソ野郎どもに囲まれてるこの状況はまるであの最期の時の再現。

「さっそく懐かしい状況じゃん、ヒヒヒ、リベンジだな」

衝撃。

速攻。

攪乱《かくらん》。

そして、

「満たせ、――――――」

遠山が小さくつぶやく。既に張り巡らせ、広げていたソレを、仕込んでいたソレを起動する。

「絶対殺せ!!　逃すな!　俺らのメンツにかかわるぞ!!　冒険奴隷《カナリア》に逆らわれるなんざ――え？」

冒険者の1人が異変に気付く。続いて猫耳の少女たちがきょろきょろあたりを見回し始めて。

「な、なにこれ、お姉ちゃん」

「エル、私のそばに、動いたらダメよ」

冒険者達が、目を剝《む》いた。

ある者は言葉を失い、あるものは恐れ、あるものは身を寄せ合う。

真っ白だ。真っ白のモヤが彼ら冒険者を、いや、奴隷たちごと包んで辺り一面に満ちていた。

数十センチほどの先も見えぬ、真白のモヤ、それは――

「これは、霧……？　なんで、こんな、急に!?　いくらヘレルの塔っていってもまだここは一階層だぞ!?」

霧だ。真っ白にすべてを閉ざす霧の海。

数メートル先も見通せない、霊山から降りてきたような真白のキリ。重たい霧が、世界を閉ざす。誰も動かない。動けなかった。

2人の奴隷を除いては——

「トカゲさん、いくぞ！　今のうちだ！」

「その声、アンタか!?　前が、前が見えないんだが!!」

「手出せ！　引っ張る！　ついてこい！　あの人数皆殺しはもう少しノリノリにならんと無理だ！」

遠山がトカゲ男を引っ張り、走り始める。迷いなく、なにも見えぬ霧中をかける。

「アンタ、なんで前が見える!?　この霧は、なんだ!?」

当然のようになかばパニック状態のトカゲ男、しかしそれでもしっかり脚は動かして遠山についていく。

「味方《みかた》さ！　俺たちの！　おっと、そうだ！　ダメ押ししとくか!!　おーい、奴隷、捕まってる連中！　こんなチャンスもうねーぞ！　俺らは逃げる！　てめーらはどうだ!?　怪物の餌にされたくねーんなら今が最後のチャンスだ！　好きにしたほうがいーぞ！　どうせ残ってもロクなことにゃなんねーぞ！」

遠山が振り向き、真白な霧の中へ叫ぶ。

少しの沈黙のあと。

わあああああああああああああああ！！？

逃げろ、逃げろオおおおおおおおおおおおオオオオオ!!

どっちに、どっちに逃げる!?

蜘蛛《くも》の子を散らすように、奴隷たちが走り始める。

ど、奴隷どもを逃すな!!　逃すくらいなら殺せ!!

ぎゃあ!?　てめえ、なんで俺を斬ってんだ!?　ぶっ殺す！

あ、悪——ギャ!?

……やられたね。よしな！　お前ら！　この霧の中じゃ同士討ちになるよ!!　全員1か所に固まるんだ！　ここは魔境、ヘレルの塔だよ、何が起きてもおかしくないんだ！

混乱、完全に冒険者達は統制を失った。同士討ち、指揮系統の喪失、遠山《トオヤマ》の読み通り冒険者はあっけなく集団としての機能を失う。

「ヨシ！　作戦成功！　トカゲさん、ほら、進むぞ！」

「あ、アンタ、ほんとに何者だ？　学院の魔術師？　いや、教会の騎士？　それとも王国の冒険者？」

「いや、探索者だ！　一流手前の二流のな！」

「タンサクシャ？　いや、それよりもアンタなんでこの霧の中スイスイ進めるんだ!?　見えてるのか？」

「いや全く！　でも、なんか知らねえけど〝矢印〟が見えるんだよ！　作戦通りだ！　〝キリ〟を最大限濃くしても、〝矢印〟は見える！　ヒヒヒヒ、まるでゲームのマーカーだな！」

そう、遠山の視界には再びあの⬇が浮かんでいる。先見えぬ霧の中、ご丁寧に【逃げろ！】というメッセージ付きだ。

「ユーザーフレンドリーで助かるよ！　ヒヒヒヒ、これが夢じゃなけりゃ最高だったんだけどな！」

探索の時にこれがあればかなり優位じゃないか？　進むべき地点を教えてくれるだけでもありがたい。まあ、夢でもなければこんな怪しい矢印信じる気はまったくないが。遠山はふわふわした高揚の中、霧の中をかけ続ける。背後の冒険者たちの混乱の声はどんどん遠くなりつつあって。

「何の話をしている!?　ま、まさか、この霧はアンタが!?　スキル？　魔術式、いや、まさか秘蹟《システム》!?」

「なんだそりゃ？　まあとにかく走れ走れ！　中には勘のいいやつもいるだろ、ヤマカンで追ってくるかもしれねえっ――ぞいや!?　うわ、へ？」

ずるり。

2人がこける。

急に地面がななめに、そして濡《ぬ》れて、水が流れ始める。

「うお、なんじゃこりゃ！」

ウォータースライダー。つい先程まで石畳みの平坦な回廊だった場所が傾き、流れる。もちろん、探索者とトカゲ男もつるつるりん、流しそうめんのように地面を滑り落ちていく。

「う、く、〝ヘレルの塔〟だ!!　何が起きてもおかしくない！　うおおおおおお!?」

「ヘレルの塔ってなんじゃあああああああ？！！」

夢とは思えないリアルな墜落感、水が踊り、身体《からだ》が跳ねて、目の前が真っ暗に――

【クエスト目標　達成　冒険者の包囲網を突破する】

第二話　メインクエストぶん投げプレイ

夢を見ている。おひさまと焦げた食パンの匂いがまざった香り。犬の匂いだ。

黒い子犬と、くたびれたシャツと短パン姿の子どもが遊んでいる。

わん！　わん！

あはは、おまえ賢いなあ！……なんで捨てられたんだろうね。おまえも家がないんだ。ぼくと一緒だね。

わうん？　わん！

あ、ごめんな、そろそろ門限だ。……ぼくんち、施設だから、おまえを連れて帰れないんだ。……また来るから。ごめんよ、ぼくも食べ物、持ってないんだ。

きゅううん、わふん
ぼくたち同じだね、捨てられて家もない。だけど、ご飯は食べたいよなあ。

くうん……

そうだ、こうしよう。ぼく、あの場所から食べ物とってくるよ。しせつのやつらぼくを殴るんだ。おまえは生意気でまともじゃないからなおしてやってるんだって……

わうん……

あんなとこもういやだ。出てやる。そうだ、ねえ、おまえさ、よかったら、ぼくと――

◇◇◇◇

ぴちょん。

「ん……た、ロウ……」

「おい！　アンタ、大丈夫か？　よし、息はしてるな？　俺がわかるか？」

うっすらと目を開ける。トカゲヅラが覗《のぞ》き込んでいた。

「んあ、トカゲ……？　あれ、タロウは……ん、てか、あれ、バベルの大穴、あれ？」

目を擦《こす》りながら遠山が身体を起こす。ボロ布の服は濡れているが身体に異常はなさそうだ。

「寝ぼけてるところ悪いが起きてくれ。俺はアンタと違って腕に覚えがないんだ。……えらく不思議なところまで滑り落ちたものだな」

トカゲ男の言葉に、遠山が辺りを見回す。

滝だ。

滝つぼのほとりにいる。辺りは薄暗く、しかし緑、赤、青に輝く岩が光源となり見通すことが出来た。

滝の上を眺めても何も見えない。どれほどの高さから滑り落ちたのか見当もつかなかった。滝壺《たきつぼ》から伸びる小川、空気の流れ、風が吹いている。その感覚は本当にリアルで、これが夢なのかと本気で違和感を覚え始めていた。

「夢から覚めて、また、夢……か。でも背中痛えな……まさか、これ夢じゃなかったりするか？」

「なあ、頼む、しっかりしてくれ、こうなっちまったらいざ頼りになるのはアンタだ……け……」

ぼんやり呟《つぶや》く遠山の様子に息を吐くトカゲ男。しかしすぐにとある一点を見つめて口をあんぐり開けて固まる。

「あ？　どした？　固まってから、に……」

遠山もその視線に釣られ、そしてそれを見て、言葉を失った。

ピコン。メッセージが流れて。

【クエスト更新　〝巨人種〟サイクロプスから生き残れ】

それは一つ目の巨人。みどり色の肌に、見上げるほどの筋骨隆々の巨体、粗末な腰蓑《こしみの》。

8メートル、家ほどの大きさはありそうな巨人が、遠山たちを見て、よだれを垂らしていた。

「Oh……仲良くは出来なさそうだな」

「さ、サイクロプス……あの冒険者たちが探していたモンスター……」

遠山とトカゲ男がそろって茫然《ぼうぜん》とつぶやいて。

『愚ウ……ウオオオオオオオオオ!!』

「トカゲさん!!　伏せろ!!」

「え、あ?」

大きな手のひらが横薙《よこな》ぎに。

トカゲ男を突き飛ばしながら遠山は地面を転がるように伏せる。

『愚ウオオオオオオ!?』

ひゅおう。臭い体臭、饐《す》えた生ごみのような臭いが突風となり吹き付ける。髪の毛先、チリチリとした感覚、その化け物の一撃が掠《かす》めた。

「うわばら!?　ひ、ヒヒヒヒヒ、これは1発食らったらアウトだな!　バカでか蛇の〝マザーグース〟を思い出したわ!」

探索者は危機を嗤《わら》う。現代ダンジョンの〝酔い〟で変質している脳みそが危機感や恐怖を、高揚へと変えていく。

「あ、アンタなに、笑って」

死の危機に笑みを浮かべる遠山にトカゲ男が戸惑っていた。

「ああ!? 怖くて面白いからに決まってるだろ! 笑いたい時には俺は笑うんだよ! それも俺の欲望だから、なあ!!」

ああ、探索者は命の危機に酔うのだ。現代ダンジョンにより人から〝探索者〟へと変えられた存在は恐怖を恐怖と認識できない。酔っ払いと同じように。

笑いながら遠山が近くにある手頃な石を拾い、思い切り投げつける。狙いはあのデカイ目。

ぱち。

『愚?』

目を直撃した投石。しかし、なんの意味もない。

「うーん、やっぱダメか。手斧《ておの》捨てんじゃなかったな」

割とノリで生きている遠山が首を捻《ひね》る。さて、まだ〝キリ〟が充分には広がっていない。

だが、ここは風上、化け物は風下。もういっそ使っちまうかと考えていると。

『愚ウオオオオオオ!!』

「あ、やべ」

武器もない。道具もない。まだ切り札の仕込みも出来ていない。大腕の一撃、タイミングを間違えればぺちゃんこになり、死ぬ。

それを理解していながら、遠山鳴人《トオヤマナルヒト》はどうしても笑いを止めることが出来なかった。

「ほう、死を前に笑うか。奴隷」

ジュ……

『愚？』

ぐらり。サイクロプスの首が、傾いた。

大腕が首を押さえようと動き、ぴたりと止まる。かと思えば、その首がもげる。鋭利な刃物により斬り落とされたのだ。

肉が焼ける良い匂いが漂った。

「あっけないものだ。こんな獲物をオレとの狩り比べの目標にするとはな……暇つぶし以下であるな。やはり、塔級、せめて〝一級〟程度でないと遊び相手にもならんな」

金属が重なる音。くぐもり、男か女かわからぬ声が空間に響いた。首のなくなった巨人の肩に誰かが、いた。

「おお、マジか」

「ばか、な……サイクロプスを一撃？　一級冒険者でも数人がかりの巨人種だぞ？　い、や、まさか」

「ふかかか、ほう、我らの傍流のリザドニアンではないか、その服装、大方逃げ出した冒険奴隷《カナリア》か。どうした？　鱗色《うろこいろ》が悪いぞ」

ぐらり、地鳴りを立てて、首を失った巨体が倒れる。当たり前のように飛び降りたソイツが巨人の身体を踏みつけ足場にしながら歩いてきた。

鎧《よろい》だ。

この暗がり、光る岩しか光源のないこの空間でもよくわかる金ピカの鎧。

雄々しい2本の角があしらわれた豪華なフルフェイスの冑《かぶと》に、赤いビロードのような豪華なマント付きの鎧騎士がそこにいた。

その手には、赤熱している三叉《さんさ》の大槍《おおやり》が掲げられる。あれで巨人の首を落としたのか？信じられない膂力《りょりょく》だ。

「お、おう、トカゲさんどうした？　腹でも下したか？」

トカゲ男が途端に、ひざまずき、体を丸める。

尻尾をたたみ、震えながら地面に這《は》いつくばり始めた。

「……まさか、あんた、いや、あなたは……竜？」

！
ザッ
ザッ
グチャ

竜、トカゲ男は震えながら言い放った。

「ほう！　ほう！　ふかかか！　我が従者が施した身隠しの魔術式が込められた鎧の中身を見抜くか！　リザドニアン、貴様、なかなかに血が濃いと見える……よい、褒めて遣わす」

「……竜？　あの鎧が？」

鎧を見る。どこにも遠山の知る竜要素は見当たらない。

「アンタ、アンタ本当に帝国領の人間か？　ヘレルの塔、そして竜、あの金色の鎧……1人しか、いないだろう……!?」

「そこの人類種《ヒューム》。貴様はリザドニアンと違って察しが悪いな、死ぬか？」

鎧のくぐもった声。男か女かわからない。

「は？　なんだ、てめえ、ぶえ!?　と、トカゲさん！　何すんだ!?」

遠山が鎧ヤローの言葉に言い返すと同時に、トカゲに肩を摑《つか》まれ、下に押し込まれる。

「た、頼む、アンタ、アンタは恩人だ！　だが今は頭を低くしてくれ、頼む！」

トカゲに押さえ込まれながら、遠山は仕方なく膝をおる。その様子を鎧ヤローは満足そうに眺めていた。

「ほう、ほうほうほう、リザドニアン、貴様、いいな。立場を弁《わきま》える賢《さか》しいトカゲは嫌いではない」

愉快げな声、気分をよくしているのが聞いただけでわかるような声だ。

「故に1つ興を思いついたぞ。奴隷狩りよりも面白そうな、興をな」

巨人の死体から飛び降りた鎧ヤローが、ふむふむと楽しそうにこちらへ歩んでくる。マントを偉そうに翻しながら。

「おい、なんでアイツあんな偉そうなんだ、あとトカゲさん、アンタ震えてないか？」

「し、静かにしろ！　逆に何でアンタはそんなに落ち着いてられるんだ!?　竜だぞ!?〝塔級、タワークラスの冒険者〟だ！　いくらアンタが腕が立ってもアレは別格、この世の理《ことわり》を半分踏み越えてるような存在だ！」

トカゲ男は半ば狂乱状態で、遠山にはその理由がわからない。だが徐々にその鎧ヤローが近づくたびに首の裏側がちりちりとしびれてくる。

「ククク、トカゲ、そう褒めるな。うむ、悪い気分ではないな。奴隷、良い、面をあげよ、オレが許す」

「は、はは!!」

「…………」

トカゲ男が顔を上げる、遠山もつられて前を向いた。

「ふんむ？　人類種《ヒューム》、貴様……妙な、古臭い香りがするな……。まあ、いい。冒険奴隷《カナリア》、褒めて遣わす、よくぞ冒険者どもの枷《かせ》を破り、逃げ切ったものだ。今頃ここより少し上の階層は面白いことになっておるぞ」

「面白いこと、ですか……？」

「まあ、だろうな、それ狙いだし」

金ぴか鎧の言葉にトカゲ男はきょとんと。対照的に遠山はケロッとしている。遠山だけが鎧ヤローの言葉、その意味を理解していた。

「ふかか！　人類種《ヒューム》の奴隷、やはり貴様狙っておったか！　良い、その態度は別として存外悪くないではないか」

「ど、どういうことなんだ？」

遠山と鎧ヤローの様子にトカゲ男が目をパチクリさせながら混乱していた。

遠山は少し考えた後、

「……トカゲさん、ここ、化け物がいるようなところなんだろ？　んで上の連中、あの冒険者とかいうプライドだけは高そうなトーシローども。そして、俺が煽《あお》って一斉に逃げ出した奴隷。化け物の巣窟で人間同士の大騒ぎ、……何が起こると思う？　誰が喜ぶと思う？」

トカゲ男もそれで理解したようだ。ごくりと喉を鳴らして頷《うなず》いた。

「かかか!!　ああ、いや、なんだ、貴様、よく見るといい目をしてるではないか。殺せる者の目だ。数多《あまた》の命を己の意思と欲望のもとに奪ってきた目だ、貴様の狙い通り、化け物どもはたらふく腹を満たしておったぞ」

その鎧が喋《しゃべ》るたびに、身体《からだ》の芯が震える。よく似た感覚を遠山は知っている。度を越えた存在、怪物種、現代ダンジョンに巣食うあの強い生き物と相対している時と同じ感覚だ。

「…………なあ、トカゲさん、もしかして、だけど、これ夢とかでは、ない？」

あまりにリアルな感覚に、遠山は知らずに背中に大量の汗を流していて。

「アンタ、まだそんなこと言ってるのか!? 頼む、しっかりしてくれ、今、このお方の目の前でふざけるのだけはよしてくれ」

「かか！　まあよいよい！　さて、そんなうぬらにオレからの提案だ、なに、そう気構えるな、そう、遊戯、暇つぶしのゲームだ」

「ゲ、ゲーム、ですか？」

「…………ロクなもんじゃねえなこれ」

嫌な予感がする。この鎧ヤローからはとても嫌な予感がしていた。

「貴様ら、今から殺し合え。生き残った方を奴隷から解放し、この塔からも生きて帰してやろうぞ」

とても明るい声だ。くぐもっていてもわかった。鎧ヤローがたのしんでいることが。

「このオレ、〝蒐集竜《しゅうしゅうりゅう》〟の名に誓って、な」

ピコン。

【クエスト目標更新】

【〝蒐集竜〟の言う通りに、トカゲの奴隷を殺し、ヘレルの塔から脱出する】


「ほら、やっぱり」

「……は？」

「む？　どうした、トカゲ。先程までの察しの良さを見せてみよ、それともこのオレの言葉が気に入らなかったのか？」

鎧ヤローがくっくっくと喉を鳴らし、トカゲの奴隷をからかう。遠山の視界にいつのまにかまた、⬇が浮き出る。それはトカゲ男を指していた。こいつが目標だ、といわんばかりに。

「こ、殺し合えとは……」

戸惑うトカゲ男、目をおどおどと巡らせて、声を震わせている。

「二度は言わん、まさかこのオレの言が聞こえなかった、とは言うまい、ああ、そうか、なるほど、褒美を実際に見るまでは……という奴《やつ》か！　かか！　トカゲ、貴様なかなかにしたたかよの！」

　鎧ヤローが笑いながら懐から何かを取り出し、こちらに見せびらかす。それは懐中時計のようなペンダントだ。８枚に重なり合うような翼と剣の意匠がなぜかはっきりと見えた。

「それは、まさか……」

　遠山にはさっぱりだが、トカゲ男にはわかったらしい。

「〝教会の帰還印〟だ。オレの鱗から彫りだし、女主教の血を混ぜた公印つきの一品よ。かか！　これをもっているだけで奴隷からは即時解放、この塔からも生き延びられて、さらには冒険都市、我が街で職につくことも可能だ。まさに、今の貴様らにとっては喉から手が出るほど、というやつだろう？」

　鎧ヤローがそれをプラプラ揺らしながら喉を鳴らす。

「貴様ら２人、殺し合い、生き残った方にくれてやる」

　鎧ヤローの言葉、そのすぐあと、ゴクリと唾をのむ大きな音が聞こえた、トカゲ男が鳴らした音だ。

「き、教会の……あ、あれさえ、あれば、俺も……人生をやり直せる……」

　その眼《め》がらんらんとした熱を帯びて。

「トカゲさん？　ありゃなんだ？」

「………………」

トカゲ男は答えない。これまでなんだかんだ色々答えてくれていたのに、今回は血走った目で鎧ヤローが掲げるペンダントを見つめている。

「くく、それと、ほれ、トカゲ。そこの奴隷はなかなかに腕が立つ、ハンデだ。使え」

「っ！　これは」

「光栄に思えよ、オレのナイフだ。金剛石に我が祖父、〝炎竜〟の竜骨を混ぜた刃、王国の〝樹海〟にある創生樹から削り出した持ち手、それ1つで7代は遊んで暮らせる一品ぞ」

　ポイっと投げられたそれがくるくる回り、地面に突き立つ。

　驚くほど透明で、美しいそれは――

「……竜のナイフ……」

「くく、ふかか、さあ、踊ってみせよ、興じてみよ、奴隷ども。殺せ、戦え、でなければ生き残れんぞ」

「………帰れる、のか」

　トカゲ男がふらふらと歩み始める。足元に抜き身のまま放り投げられたナイフを拾う。その刃にたたえた剣呑《けんのん》な光、それと同じ殺意がトカゲ男の目に宿って。

　遠山《トオヤマ》はじっ、とその様子を見つめている。

　トカゲ男の目、爬虫《はちゅう》類《るい》特有の縦に裂けている目が大きく揺れて、その中に遠山鳴人《ナルヒト》の栗色《くりいろ》の目が映っている。

「…………」

「……………………」

遠山はこの段階で少し考え始めていた。もしかしたらこれは夢ではないのかもしれない。

トカゲ男の激情が伝わる沈黙、それがどうも夢とは思えない。

ドクン。突如、遠山の心臓が跳ねた。

「っ……！」

思わずその衝撃に眼を剝《む》き、膝をつく。発作でもおこしたのかと勘違いしそうになる、
痛みはない、ただ心臓がうるさい、同時に頭が痛む。

「ふっ!!」

トカゲ男は遠山の動きに反応して軽やかな動作でその場から飛びのく、ナイフを逆手に
構えたその所作から隙は微塵《みじん》も見えなかった。腕に覚えがない、というのはどうやらブラ
フだったらしい。その動きは、戦える者の動きだ。

ピコン。また音が鳴る。同時に心臓も。脳も。それはメインクエストのお知らせ。遠山
鳴人が履行するべき規程事項の音だ。

【トカゲの奴隷を殺せ、トカゲの奴隷を殺せ、トカゲの奴隷を殺せ】

繰り返し視界に流れるメッセージ、ナイフを構えこちらを油断なく見つめるトカゲ男を矢印はさし続ける。それはつまり、遠山の運命は、遠山のやるべきことはこのトカゲ男を殺し、ここを脱出するということだ。

【殺せ、始末しろ、生き残るために、欲望のまま生きるために、死なないために、殺せ、生き延びろ】

運命はうそぶく、心臓をあせらせ、脳みそをゆだらせながら、遠山に強制する。トカゲを殺せ、運命は履行を迫る。誰もそれに逆らうことなど――

――俺が作ったパンだ。

――だれか、腹を空《す》かせたらいけないと思って。

トカゲ男の言葉がよみがえる。それはあきれ返るほどお人よしな言葉の数々。遠山は息を吐いた。

欲望のままに。それが遠山鳴人の本質、ならばその選択はすべて己のやりたいことによってのみ決定されるべきだ、意味のわからない運命などに決められるべきではない。

……殺したくないな。

ナイフを握り、こちらを見つめる縦に裂けた瞳孔を眺めた。いい奴だ。間違いなく。誰かの空腹を満たそうとしてくれる奴に悪い奴はいない。

だから助けた。トカゲ男をあの冒険者とやらに踏み躙《にじ》られたままにしたくなかった。それは紛れもなく、遠山鳴人が全てにおいて優先する己の欲望だった。

「どうした？　早く始めよ。ああ、仮にどちらも何もしない場合は貴様ら2人ともオレが殺すからな、出来れば生きる目がある方を選ぶのが賢明とは思うぞ」

鎧《よろい》ヤローの言葉は毒だ。恐怖と褒美、その両方で人をがんじがらめにする。

実は遠山鳴人は既に完了している。時間はかかったが、鎧ヤローの長話のおかげでもう充分だ。

その気になれば今、この瞬間にでも敵を全て始末する仕込みは終わっていた。でも、割と、本気で。

「……決めたよ、蒐集竜殿」

ナイフを逆手に構えるトカゲ男。その瞳には覚悟を決めた者特有の昏《くら》い光をともらせて。

ああ、やだなあ。

遠山がため息をつきそうになる。

そのナイフの行方を目で追う。ライ麦に似た黒パンの優しい味が舌に、まだ残っていた。

からん。

堅いものが石畳をたたく。

「え？」

「…………ほう？」

遠山が声を漏らす。

鎧ヤローがつぶやく。

トカゲ男が、構えていたナイフを一瞬チラリと眺めて、ゴミでも捨てるようにポイっと、放り棄《す》てた。

「ほう、ほう、ほうほう、なるほど、愚かな選択をしたな、トカゲ、貴様――」

鎧ヤローの声が少し低くなって――

「――湖のほとりに店を建てたかった」

トカゲ男が、ぼそり。

その言葉。その言葉は遠山鳴人の欲望と、その最期の時に漏れ出た願いとよく似ていた。

ざわり。遠山が目を見開く、己の身体《からだ》に流れる痺《しび》れのままに。もう何も聞こえない。早鐘をうつ心臓も、頭に響くうるさい音も、殺せとささやく声も。

トカゲ男の声以外、なにも――

トカゲ男が遠山を見つめる。

「俺だけの店だ。そこは朝、湖の水面からうっすらと霧がかかる、俺の店の煙突から上る煙だけがその湖に映ってるんだ」

「待て、リザドニアン、貴様なんの話をしている？」

トカゲ男は、金ぴか鎧の言葉には答えない。あきらめたような穏やかな笑いを浮かべて。

「大きな店じゃなくていい。信頼出来る友人がたまに手伝いにきてくれたり、数は少ないが贔屓《ひいき》にしてくれる客が朝の開店直後にやってくる、日が昇ればレイクビューの広がるそこで、俺のパンを食べてもらう」

祈るような優しい声色で。

「……それが、俺の夢だった、夢……だったんだけどな」

トカゲ男の目には涙が溜《た》まっていた。ソレは果たして恐怖か、それとも別の感情から溢《あふ》れた涙か。

「……だが違った。ふふ、なんのことはない、俺の夢は今日、叶《かな》ってしまったんだよ、竜殿」

震える手、水かきのついた鱗《うろこ》の手をトカゲ男は握りしめる。

「……はじめてだった、リザドニアンの俺の作ったパンを、気色悪がるどころか、なんのこともなく受け取り、ソイツは食べた、そして、ふふふ、そしてだ、ソイツは言った、言ってくれたんだ」

身体は震えている。それでもトカゲ男は前を見た。鎧ヤロー、竜をはっきりと見つめた。

「美味《うま》いって、言ってくれたんだよ、竜殿」

ドサリ、トカゲ男がその場に座り込む。震える手を見つめて、涙をこぼしうずくまる。

「俺は……俺は死にたくない、だが、ふふ、叶っちまった。俺は満足してしまったんだ……」

顔を両手で覆い、言葉を紡ぐ。懺悔《ざんげ》、そんな風に見えた。

「一瞬でも、彼を殺して生き残ろうなんて考えた自分が恥ずかしくて情けない……俺はどうなってもいい、俺のパンを美味いと言ってくれた人がいる、ああ、我らが偉大なる大いなる〝歯〟よ。この導きと出会いに感謝を……」

何かに向けた祈り、トカゲが大きく息を吸う。

「彼はいい奴《やつ》だ、薄汚いリザドニアンの盗人《ぬすっと》の作ったパンを、粗末にされたパンのために怒ってくれるいい奴、なんだよ……俺は満たされた、彼を殺してまで生き残る？　俺はいやだ、断るよ」

そう言ったきりトカゲ男が座り込んだままに俯《うつむ》く。それきりもう動かない。

「………心底、心底つまらぬな、トカゲ。貴様ら定命の者の持つ生への渇望、我ら〝上位種〟が時に羨むそれを、自ら手放すとは……ほんとにつまらぬ。おい、黒髪の奴隷」

底冷えする低い声。兜《かぶと》ごしにくぐもって女か男かわからない声でも、機嫌が相当悪いことだけは伝わった。

「ゲームは終わりだ、本当につまらん幕引きだがな。喜べ、黒髪の奴隷、リザドニアンはどうやらその生をあきらめたらしい。貴様が勝者だ、ふん、つまらん」

鎧ヤローの手が遠山に向けられる。ヒュンっと、空気を軽く引っ搔《か》く音がして。

「………これは」

投げられたそれを遠山がキャッチする。

「帰還印だ、それを手に持ち、自分の名前を唱えろ。〝塔級冒険者〟にしか所持を許されない一品ではあるが、貴様がこの世界の生き物ならば問題なく扱えるだろう。……ふん、竜は約束は違《たが》えん、が、想像以上につまらん興になってしまったものよな」

がちゃり。鎧ヤローが大槍《おおやり》を肩にかつぎため息をつく。

「ふうん、名前、ねえ……なあ、金ピカ鎧、このあとお前、このトカゲさんをどうするんだ？」

「決まっておる、そのトカゲは自らそのチャンスを放り出した。竜は約束を守る、2人のうち、生きて帰るのは1人だけ、そういうゲームだった、ゆえにこのリザドニアンはここで終わりだ」

金ピカの鎧ヤローが三叉《さんさ》の大槍を肩にかまえた。

「ははは、なるほど、約束を守るか。たしかにそれは大事なことだ、なあ」

ぱし、ぱし、ぱし。

遠山《トオヤマ》が手のひらに収まる翼と剣の意匠のペンダントを弄ぶ。親指で弾《はじ》き、手のひらでキャッチ。おもちゃを弄《いじ》るように何度も、何度も。

「……奴隷、それの価値が分からんようだな、……さっさと往《い》ね、つまらん幕引きだが、そこのトカゲの死が貴様を生かすのだ。定命の者らしく、それを握りしめ、今日より新しい明日を――」

「ヒヒヒヒヒヒヒヒヒヒヒヒヒヒヒヒヒヒヒヒ」

嗤《わら》い声《ごえ》が響く。おぞましく、それでいてどこまでも愉快な話を聞いたような声。

遠山の嗤い声だ。

顔を手で覆い、肩を震わせ、遠山が嗤う。

「……オレの勘違いか？　貴様、今、このオレ、〝蒐集竜《しゅうしゅうりゅう》〟の言葉を笑ったのか？」

怒髪。

周囲の空気が歪《ゆが》むのを感じる。接触許可制怪物種87号、〝ゾウゲンオオジグモ〟、遠山の経験上最強の化け物、家くらいのサイズの化けグモを目の前にした時以上の圧迫感。

それでも、遠山は頬の裏側の肉をかみつぶしてそれを無視する。

「トカゲさん、顔上げろよ」

「……なんだい、これでも、精一杯なんだ。頼む、見知らぬ人よ、俺のちっぽけなプライドが死の恐怖を抑えている間に、行ってくれ。また、変な気を起こさないとも限らない」

「まあ、そう言うなよ。そういや、アンタの名前、聞いてなかったなって。トカゲさん、じゃあ締まらねえだろ？」

⬇が未《いま》だ、トカゲ男を指している。

それは何かが示す遠山鳴人《ナルヒト》への指令、遠山鳴人への道しるべ。決められた運命を知らせるナニカからの指示。

遠山はそれを見て鼻で笑った。

「……ラザール」

俯いたまま、トカゲ男が、ラザールが己の名前をつぶやく。

「姓はない、ただのラザールだ。薄汚いリザドニアン、そして呪われた盗人の、ラザールだよ、旅人さん」

「鳴人だ、ラザール」

「え？」

「俺の名前は鳴人、姓は遠山。ダンジョン酔いで頭が少しだけハッピーになった探索者だ、ほら、手、出せ」

誰が従うかよ。クソ鎧にボケメッセージどもが。

え、と顔をあげるラザール。彼に向けて遠山はそれをぽいっと投げた。友人にガムでも渡すような気軽さで放り投げられた〝帰還印〟。ラザールが反射的にそれを受け取り、

――それに触れ、名前を唱えれば――

「ラザール」

遠山が、彼の名前を唱えた。それは帰還の合図となる。

「……は？？！　あ、アンタ!?」

そのペンダントが設定された機能を発揮する。ラザールの身体に触れた状態で、その名前が伝わったのだ。

瞬時に輝く帰還の光、それがトカゲ男、ラザールを包んで。

「嫌いじゃねえんだよ、そういうの」

遠山が、その愉快な頭の中で欲望を描く。

湖のほとりに建てる家、そこに必要な1人を見つけたのだ。

「あんたと話がしたくなった。お前とは絶対に気が合う。お前のその夢、俺の欲望と、とても相性が良い」

ピコン。

ピコン。

【警告　メインクエストの目標から逸《そ》れています】
【警告、このままではメインクエストが失敗します】

【クエスト目標　ラザールを殺せ、ヘレルの塔から脱出しろ】
【クエスト目標　ラザールを殺せ、ヘレルの塔から脱出しろ】
【クエスト目標　ラザールを殺せ、ヘレルの塔から脱出しろ】
【クエスト目標　ラザールを殺せ、ヘレルの塔から脱出しろ】
【クエスト目標　ラザールを殺せ、ヘレルの塔から脱出しろ】
【クエスト目標　ラザールを殺せ、ヘレルの塔から脱出しろ】

「やかましい」
それを全て無視する。ラザールの頭の上にフヨフヨ浮いている⬇、それに手を伸ばした。

【……マ!?】


「え？」

ラザールが大きく目を向いた、遠山が握りしめたそれを振りかぶる。

「てめえは、あっち、だ」

むんずと摑《つか》んだ⬇を投げ捨てる。

方向は1つ、この場で唯一、真に、死ぬべき存在は誰か。鎧《よろい》ヤローに向けて⬇を。

「アンタ……ナルヒト！！？」

「またすぐに会おう、ラザール。良い話がある、ビジネス、お前の夢と、俺の欲望の話だ」

光に包まれ消えていくラザールに向けて人差し指を指す。

「待っ――」

しゅん。

帰還の法則が為《な》される。この世界の生命であるリザドニアンが塔から安全に排出された。

「ああ、バカ矢印。最初からそうだろうが。お前が指し示すべきものは。この場で死ぬべきクソは」

振り返り、遠山が前を見る。矢印、⬇が示す、新たなる目標をはっきりと見据えた。

「この場で、俺が殺すべきムカつくヤローは1人だけだ」

メッセージ、遠山鳴人にだけ告げられるメッセージが現れた。


【メインクエストが放棄されました、ストーリーが崩壊します】


「………不愉快だ、奴隷」

矢印が、目標を示すそれが鎧ヤローを示していた。

「焦るな、今からもっと不愉快にしてやるからよ。俺の欲望のままに、だ」

もう、遠山鳴人には矢印に対する不満は微塵《みじん》もなかった。欲望のままに、強欲なる男が嗤う。運命は今、歪んだ嗤いとともに放棄された。

ピコン。

【メインクエストが放棄されたため、隠しクエストが発生します】

【隠しクエスト〝DRAGON　HUNT〟】

【クエスト目標更新　〝蒐集竜〟の討伐】


「キレんなよ、どうした、さっきまでのたのしそうな態度は？」

遠山が軽口を返す。空気が震えている。その鎧ヤローの存在に世界が怖《お》じけているようだ。

「…………久しぶりだ、褒めてやる。ここまで不愉快な気分は本当に久しぶりだ」

だが、遠山は退《ひ》かない。

既にダンジョン酔いがその恐怖を感じるべき脳を茹《ゆ》だらせて、壊していた。

「似てるな、お前。俺と違う、本物だ。本当に数少ないマジでやばい奴《やつ》だ」

一度だけ、遠山鳴人は〝本物〟を見たことがある。国家よりその力を認められ、国家戦力の１つとして指定された探索者――

「〝指定探索者〟、連中と同じ化け物だな、お前」

探索者の中の最高峰の存在。指定探索者、その中で最も輝く存在、人でありながらアメリカ合衆国の国旗を飾る星の1つとして数えられた現代の英雄。

現代ダンジョンから〝嵐〟を持ち帰った〝52番目の星〟。

遠目から一度見たことがある彼女の輝き、それと同じ感覚を鎧ヤローは放っていた。

「シテイ、タンサクシャ？　ふん、まあ、いい。覚悟は出来ているようだ。……竜は約束は破らん、そして言葉を違《たが》えることはない。この場に残った、ということは貴様が死ぬわけだな。ああ、ルールは一つ、生き残るのは一人だけ、だ」

金ピカ鎧が静かにつぶやく。尊大な物言いにはしかし、温度が感じられない。その声には常人ならば耳にするだけで血の気を失わせるなにかがあった。

「ひ、ヒヒヒヒヒヒ、バァカ。この場に残ってるのはてめえも同じだろ？」

だが、ここにはもう常人などいない。

「……なんだと？」

「ノーミソの回転がトロイな。朝飯食ってんのか？……この場で死ぬべき奴は俺じゃねえってことだよ」

「……面白い、囀《さえず》ってみよ、奴隷」

金ピカ鎧、声がしずかに。

「お前が死ね、生き残る1人は俺だ、ボケ鎧」

「………く、ククククク、はははははハハハハハハハハハハハハハハハハハ」

辺りが揺れた。軽い地震でも起きたのかと思えば違う。鎧ヤローの笑いに世界が揺れているのだ。

びり、びり、と身体《からだ》が痺《しび》れる。それでも遠山《トオヤマ》はじっと、時を待つ。

「もうよいわ」

圧力が膨らむ。鎧ヤローの大槍《おおやり》、三叉《さんさ》のゴテゴテした大槍が赤熱している。

傍らで倒れている一つ目の化け物、巨人、サイクロプス。首チョンパされたそいつからはしかし、血が流れていない。だがわずかに香るこの、焦げ臭さ。

つまり――

遠山の頭脳が死地にて回る、脳細胞が色めき働く。

ピコン。


【技能〝戦闘思考〟発動、知性ロールに成功したため、敵対者の武装特性が判明します】

「火、いや、熱か。超高熱で焼き切るのかよ……斬り結ぶことすら出来ねえクソ武器、厄介だな」

「ははハハハハ!! やけに冷静ではないか! 良い、獲物としては退屈せぬ!」

膨らむ、膨らむ、膨らむ。殺気、大型の怪物種が向けてくるそれより何倍も大きく、身体の動きを鈍くする殺意。

遠山は動かない。

鎧ヤローが、地面を踏みしめる、踵《かかと》が地面を割り沈むレベルの膂力《りょりょく》。人の形に押し込められた竜が、奴隷を殺そうと――

「だが問題はねえ、獲物はお前だ、マヌケが」

関係なかった。いかに奴の武装が恐ろしくても、いかに奴が本物のヤバい奴であろうとも。この瞬間、この勝負に限ってはもう、決着がついていた。

初見殺し特化。その切り札は今回、きっちり刺さった。

「っ――!?」

鎧ヤローは踏み入れてしまった。いや、どちらにせよもう遅すぎた。

遠山鳴人《ナルヒト》の準備は、既に終わっているのだから。

遠山が風上に立っている時点で、全ての準備は終わっていた。もう、これは戦いではない。

「お前が、死ね」

上級探索者、遠山鳴人の狩り、だ。

ソレは、現代ダンジョンの中でのみ見出《みいだ》される探索者への〝報酬〟。現代ダンジョンの中でしか出土しない、特異現象を引き起こす物品。

時に荘厳な宝のように人の足の届かぬ領域にそっと隠されている。

時に大いなる試練、強大なる怪物種の亡骸《なきがら》から見出されることもある。

そして時に、あっけないほど簡単に巡り会うこともある。

「っ——　き、さま、ソレは」

鎧ヤローが足を止めた。獲物へとびかかる肉食獣のごとき勢いが鳴りを潜めた。だが、もう遅い。全てが遅い。

ソレは2028年、現代ダンジョンが現れた地球において物理法則を覆し、〝かがく〟を嘲笑《あざわら》う存在。

ダンジョンが孕《はら》む、この世の理《ことわり》を書き換えるモノ。ソレを人は、こう名付けた。

「仕事の時間だ」

アーティファクト、レリック、あるいは——

「遺物、霧散」

遺物《イブツ》、と。

「満たせ、〝キリヤイバ〟」

遠山鳴人が己の首、喉仏に手を触れる。その首元から白い靄《もや》、霧、キリが噴き出す。

キリと同時に何かが引きずり出される。

それは酷《ひど》く傷んだ刀剣。湾曲した刃はしかし、半ばから欠けて壊れていた。

主人の肉から溶けるように出《い》でし刃。しかし、そのヤイバは決して主人の肉を傷付けない。

折れた刃の先を、遠山がヘラヘラしながら鎧ヤローに向けていた。

「その香り、まさか、〝副葬品《グレイブス》〟っ!? バカ、な! きゃ、っ!?」

突如、鎧ヤローが悲鳴を上げた。身体を掻《か》きむしり、膝をつく。

「何、を、奴隷、このオレに、何をした……っ!? 答えよ!! 奴隷!!」

「あ? 言ったろ、殺そうとしてんだよ、マヌケが」

遠山が見下し、鎧ヤローが見上げる。金色の鎧の隙間から漏れ出す液体、真っ赤な液体、血液だ。

「〝キリヤイバ〟は既に、半径50メートル範囲に広がっている。お前が間抜けにも風下に立ってくれて助かったよ」

縫い目、関節、鎧の至る所からポタポタと血が流れ始めた。

「〝キリヤイバ〟は空気の中に見えない刃をばら撒《ま》く。仕組みなんか知らねー。そうなるからそうなるんだ。お前がいくら分厚い鎧着込んでてもよー、空気に触れないないなんてことはねえだろ?」

「ア、痛い? このオレの鱗《うろこ》、身体が、バカ、な!? バカなバカなバカな……ど、奴隷!! これを止め――」

「ヒヒヒヒヒヒヒヒヒヒヒ、ああ、怪物狩りはたのしいなあ」

「ア――」

ばちゃり。

あっという間に、鎧《よろい》からは致死量を超える血液が流れた。

「すげえ鎧だな。ソウゲンオオジグモの甲殻すらキリヤイバは刻めるんだが……まあ、鎧の中身はそうはいかなかったみたいだな」

その分厚い鎧の内側を、遠山鳴人の探索者道具がズタズタに引き裂いていた。

これが遺物、世界の理を書き換えるチート。遠山鳴人はそれの主人でもあった。

「……うえ、気分悪……」

使いすぎると異様に腹が減り、気分が一気に悪くなるのが欠点だ。

「うえ、ウエエエエエ」

その場で遠山がキラキラを吐き始める。頭が痛く、世界がグルグル廻《まわ》り始める。鎧の死体のすぐそばで奴隷が吐き続ける。

おぞましい光景が広がっていた。

「ウエップ……あー、気持ち悪。使うといっつもこうだから、出し惜しみしちまったんだよなー。まあ、反省を生かして開幕ブッパしてみたが、効果は大なり、ってか」

あの最期、一つ目オオザルどもとの大乱闘、キリヤイバの攻撃は遠山にも影響することや、この揺り戻しのことで使用を躊躇《ためら》った。

だから、死んだ。だから、負けた。

もう、遠山は今の状況を夢とは思っていない。リアル、すぎた。慣れ親しんだ己の兵器を扱う感覚も、その代償のこの気持ち悪さも。

あのトカゲ男、ラザールのパンの味、夢とか関係なしに気に入ったあの言葉。

「ひ、ヒヒヒヒヒ、ああ、でも、たのしい、なあ」

そして、この探索者としての狩りの成功の昏《くら》い高揚も。夢でもなんでも、もう関係なかった。欲望を満たすその感覚がはっきりと遠山鳴人に生を知らせていた。

「なめ、るなよ、下等生物が」

「お？」

――だが矢印は未《いま》だ消えず。

血の海に沈むその鎧を指し示していた。槍を杖《つえ》のように地面に突き立て、鎧ヤローが立ち上がろうとする。

バキリ。鎧が膨らみ、弾《はじ》けた。背中の部分のプレートを突き破り、現れ出でるのは金色の――

「……翼!?」

雄々しく開く、大空を制する上位生物の証《あかし》。輝く翼膜はまるで陽光を透かしたかのように。広がる翼骨は黄金の如《ごと》く。

ばきり。

背中、腰のあたりのプレートを突き破り、這《は》い出でるのは金色の――

「は？　尻尾!?」

木々をも簡単に薙《な》ぎ倒すであろうその上位生物の尻尾は始祖の名残り。振るわれた尾は近くにあった岩石を砕き散らす。

「ア、アアアアアアアアアア」

竜。世界に選ばれた上位生物。

この帝国においては〝教会〟の認める〝天使〟とその眷属《けんぞく》以外で唯一、信仰の対象として存在する上位の生き物。

「竜、化――」

世界すら震わすその圧倒的な力が、傷を癒やし、殺意をたぎらせる。己に反抗するちっ

ぽけな奴隷を狩るため、その力が目覚めようと──

「あ、そういうのいいんで」

　バチャ。

「──ァ？」

　大きく、激しく。翼が、尻尾が、その竜に変化していく部位が裂けた。

　立ち上がりかけていた鎧、その身体《からだ》が跳ねて、仰向《あおむ》けに。再び血の池に沈む。

　翼、尾、まるで内側から弾けたかのようにグズグズのボロボロに成り果て──

「言っただろうが、死ぬべきはお前。獲物はお前だってよー」

　再生、復活。竜が竜たる所以《ゆえん》、その生命の強さ。

　しかし、相手が悪すぎた。遠山鳴人《トオヤマナルヒト》は探索者だ。再生する敵、己よりも遥《はる》か強大な生命。

　それの相手に慣れていた。

　それの殺し方を熟知していた。

「〝キリヤイバ〟は既に、とも言ったよな。ああ、もう聞こえてなくてもいい。説明した方が何故《なぜ》かキリヤイバの効果は強くなるんだよ。えーと、続けるぞ？　空気に混ざるんだ、目に見えねえ細かいヤイバがな」

　遠山は知っている、その常識から外れた己の兵器の特性を。言葉にし、認知を確かにしていくことでそのヤイバは鋭さを増していく。

「お前、何のために呼吸してる？　その喧《やかま》しいくぐもった声を叫び散らすだけか？　違うよな、てめえも血を流すんなら、その血が赤いんなら答えは簡単。呼吸、空気を吸うことによる酸素を利用してのエネルギー変換で生きてるんだよな」

遠山が、血の池に沈む獲物を冷たく見下ろす。折れた刃、己の遺物をクルクルと掌《てのひら》で弄びながら。

「ならもう、仕込みは完了してんだよ。てめえの血、てめえの身体、全部〝キリヤイバ〟が入り込んでる。便利だろ？　上でやったみたいに真っ白に〝キリ〟を流すことも出来る。てめえにやったみたいに透明に、見えない〝ヤイバ〟を仕込むことも出来る……まあ、次があったら活《い》かせよ」

現代ダンジョンからの報酬は、異世界の最強をも始末する、最強を超える最狂の力。

「ふ、かか、見事――　定命のもの、ヒト、よ」

鎧ヤローが言葉を言い終わる前に、ぴくり。

その鎧の身体が痙攣《けいれん》する。遠山は顔色一つ変えず、

「殺せ、キリヤイバ」

びち。

その名前を呼ぶ。鎧ヤローの身体が一瞬跳ねる。さらにズタズタに、鎧に仕込まれたヤイバが生命を切り刻む。

「しぶてえな。俺はこう見えて慎重なたちでな。確実に殺しとかねえと夜、寝られなくなるんだよ。ほら、いやだろ？　夜は11時までには寝て、6時くらいまではぐっすりしたいんだ。睡眠欲も俺の欲望だからなあ」

遠山が、拾う。ラザールが勇気を持って投げ捨てたそれ。

やたら美しいナイフ。その刃は透き通り、分厚い。握った瞬間、まるで炎のごとき模様が刀身に浮き出た。そっと切れ味を確かめるために、親指の爪に刃を立てる。

「いてっ!!　マジかよ、すげえな。刃当てただけだぞ」

軽く刃を当てただけの親指の爪、スッと赤い線、つぷり、血が滲《にじ》み出した。

「いーい、ナイフだ。これなら充分だろ」

遠山が、血の池に踏み込む。身体を内側からキリヤイバに斬り刻まれ続ける鎧。その生命力に感嘆しつつ、鎧の顔近くを覗《のぞ》き込むようにしゃがんだ。

ぼおう。ナイフの刀身が揺らめく、真夏のアスファルトに浮かぶ陽炎《かげろう》、刀身が炎に変わって。

「うお、まじかよ。エンチャント、ファイヤじゃん」

血の池を踏みにじる遠山がそのナイフの変化を呑気《のんき》に眺める、その炎を見つめ、唇を歪《ゆが》める。ナイフを逆手に持ち替えて。

「じゃあ、まあ、ほれ、返すぜ、高いんだろ？」

ぐっ、と。

遠山がナイフを真下に振り下ろす。鎧の中心、胸、心臓の辺り目掛けて振り下ろしたナイフ、炎の刃が鎧を溶かす。はじける火花、溶け散る金の輝きを遠山はじっと見つめて、ぐぐっとそれを奥に押し込んだ。

「よっと」

硬いもの、柔らかいもの、硬くてざらざらしたもの。ナイフを通してその感覚が返ってくる。

「うへえ、気持ち悪」

びくり、びくり。

胸にナイフを突き立てられた鎧が一際大きく身体を痙攣させ、そして動かなくなった。

⬇が、その死骸を示した。

【HUNTED DRAGON】

メッセージが流れる。

手についた返り血を拭う。

ぶわり、竜を殺したキリが欠けたヤイバにまとわりつく。その遺物を己の身体に収納しながら、遠山が獲物を見下ろした。

「探索完了」

竜の言葉通り、生き残るのは一人だけ。

死すべきものが、死んで。

「あばよ、鎧ヤロー」

探索者が、生き残った。

【隠しクエスト　〝DRAGON　HUNT〟　達成】
【隠し技能　〝竜殺し〟が解放されました、キリヤイバによる魂◆◇◆■　蒐集《しゅうしゅう》　竜《りゅう》の■を保存しました】

◇◇◇◇

その日、【帝国南部領、冒険都市〝アガトラ〟】に激震が走る。

まず、初めにそれに気付いたのはこの男、南部領、領主にして、冒険都市アガトラの最高責任者である小太りのこの男。

冒険者ギルドと同じ敷地にある領主邸、自室で朝の至福のティータイムを楽しもうとしていた時のことだ。

「……………え、えっー、ちょ、うそうそうそ、えっ、えー」

アガトラ、この街は帝国において中央の帝都、皇帝が住むその都と同じレベルに重要視されている街だ。

〝ヘレルの塔〟を始め、竜大使館、天使教会大聖堂、貴族居留地に、勇者パーティの生き残り。そのほか多数の帝国にとって重要すぎる施設や存在が一堂に会する火薬庫。

どこを叩《たた》いても即大爆発し、その爆発は国家運営にすらかかわる規模となることが簡単にわかる厄介な土地。おまけに周囲の平原や森は、塔に影響されてモンスターが生態系を成し、繁栄すらしてしまっている恐ろしき場所。

「んあああああ!!　私のさあ！　任期中になあああんでもう！　こんなことが起きるのですかあああ!!　天使さまあああ!!　あなたはいっっっつも私に試練ばかりおあたえになりますねえええ!!」

3年前の貴族両院会議でこのアガトラ冒険都市の管理者を半ば押し付けられたのがこの

男。

海老《えび》反《ぞ》りで絨毯《じゆうたん》の上を転げ回るその男の名前。

サパン・フォン・ティーチ辺境伯であった。

「もおおおお、やだあああああ、おうちかえううううううう、あ、おうち、ここでした。んほほほのほおおおおお!!」

いよいよ男が、その高価な調度品に囲まれたシックな部屋を海老反りで反復横跳びを始め出した時だった。

「失礼、領主様、先ほどから少し騒がしすぎ……」

黒檀《こくたん》の木をふんだんに使った豪華な扉が音もなく開く。

シルクのタイツに、タイトスカート。ワイバーンの翼膜で作られたジャケット、メガネ姿のよく似合う長身の美女がその部屋に入る。

「あああああ!!　マリーくうううううん!!　すげえ良いタイミング!　マイフェイバリットパートナっぶげら!?」

小太りの領主が海老反りのまま、長身の美女にとびかかる。しかし冷静に振り下ろされる美女の右拳がサパンを地面に叩きつける。

「あ、失礼、つい。ですがエビ反りで肉体関係を求められてはこのような態度をとっても仕方ありませんよね。つまり、私は何も悪くない」

見事なカウンター。小太りの領主は絨毯に叩きつけられ動かない。

「ぐほ、ごほ、さすがはギルドマスター……いい右のチョッピングライトだよ、あ、パンツ見えそう」

「黒のレースです。今の発言は議事録に残し、数ヶ月後の貴族院の査定に出しますので」

メガネをくいっと、整えながら口元のホクロが眩《まぶ》しい彼女が冷静に手に持っているバインダーに何やら書き込んでいく。

「エッッッッッッッ!! いや、違う違う、それは勘弁してよー。……はあ、はしゃぎすぎて逆に落ち着いてきた」

「どうされたんですか、奇行がお目立ちになるあなたですから今更あまり驚きは……え?」

彼女もまた、部屋のとある一点を見て、それから固まった。

「あ、やっぱり? だよね、その反応になるよね? ね?」

「……うそ、〝選別者のともしび〟、これ、蒐集竜さま、〝竜の巫女《みこ》様〟の、命の火が」

「だ、よねー。ね、一応マリーくん、数えてみてくれない? ほら、私の目がこわれてるかもしれないし」

その部屋、暖炉のすぐ隣にあるずっしりした木のチェスト。

その上に広がるのは優しい火が灯《とも》る数十本のロウソクだ。

円形に並べられたそのロウソクの中心、一際かがやく杯の上にシャンデリアのごとく揃《そろ》えられた金色のロウソクがたっている。

マリーと呼ばれた鉄面皮の褐色美女がずりさがったメガネを直しながら細い指で、ゆっくりそれを数え始める。

「いち、に、さん、……し、ご、ろく……ろく……ろく、しかありませんね」

「だ、よね……ろく、しかないよね。7つ。ないとまずいよねー……」

「ええ、竜には7つの命がありますから……え、うそ、これ、領主様、そういうことですか？」

「あー、吐きそうになってきたよ、うん。まあ、〝副葬品《グレイブス》〟である〝選別者のともしび〟が嘘《うそ》をつくことはないだろうから、ねえ」

〝副葬品《グレイブス》〟、この世の法則を超えた力あるアイテム。魔術式や〝スキル〟を超え〝秘蹟《システム》〟と並び称されるヒトが扱いうる力の中でも最上級のもの。ここ、領主邸にあるろうそくもまた副葬品《グレイブス》の一つ。

〝選別者のともしび〟とよばれるその副葬品《グレイブス》の効果はシンプル、冒険者ギルドの中の最高位の存在、〝塔級冒険者〟の生命の状態をそのともしびで知らせるのだ。その中でも金色に輝くろうそく、7本の金色のろうそくのうち、その1本からともしびは消え去っていて。

「うん、いい香りだ。やはり、紅茶は王国の名園、テラジア農園のものに限る。日の昇る瞬間に最も香ばしさを増すオッサム葉が最高だよ……」

領主が、テーブルで淹《い》れたての紅茶を音もなく啜《すす》る。ティーカップからのぼる王国から取り寄せたその高貴な香りを愉《たの》しみ、静かに皿にコップを戻して——

「いや死んどるううううう！！？！！　帝国の護《まも》り竜！　上位生物の竜が死んどるうううううう!?　蒐集竜だよ!?　竜の巫女だよ!?　帝国有数のＶＩＰ中のＶＩＰ!!　7つの命のうち、1つが消えとるうううううう!?　おんぎゃあああ!!」

辺境伯、壊れる。赤ちゃんに戻った。

「これは……にわかには信じられませんが、たしかに竜の巫女さまのともしびが1つ消えておりますね……今日は確か、〝ヘレルの塔〟に狩りに出かけておられたはずです」

ギルドマスターが脇に抱えた羊皮紙のボードを確認してつぶやく。

「いやいやいや!!　たとえね、あの人外魔境の地、ヘレルの塔だっていっても、竜よ!?　竜、竜竜竜竜!!　第二文明!!　天に輝く星々すらも支配した時代から生き残る上位種よ!?　そう簡単に死ぬもんですか!!　あのワガママ金ピカ竜が！　あ、やべ、ワガママとか言っちゃった」

「領主様、落ち着いてください。今、竜大使館より送られて来ていた本日の巫女さまのご予定を確認しています。……ふむ、2級冒険者の徒党【ライカンズ】とのサイクロプスを標的にしてのハンティング……到底、巫女様が命を落とされる要素は見当たりませんが」

「塔級冒険者の生死を知らせるこのロウソク1本消えるだけでも帝都に報告せにゃならん

のに!!　何で死んどるんじゃ！　なんで死んどるんじゃ！　なんで死んどるんじゃ！」

白目を剝《む》いた領主が、両手をシュッポシュッポと機関車のように動かしながら部屋を走り回り始め――

「えい」

「きゅぷ」

がしりと途中でギルドマスターに首をキュッと、絞め上げられた。

彼女の方が遥《はる》かに身長が高いため、豚がヒトに絞められているように見えなくもない。

「落ち着かれましたか？　領主様」

「かふ、あ、けほ、う、うん。え？　今、喉を？　ま、まあいいや、ああ、ありがとう、少しなんか落ち着いたよ」

絨毯に崩れ落ちた領主が目をぱちくりしながら自分の喉を撫《な》でる。

え、我、貴族ぞ？　ノブリスぞ？　辺境伯ぞ？　え？　首を、絞められ……？

真面目に抗議しようとしたが、メガネの奥からジロリと見つめてくるギルドマスターの目が怖かったので何も言わなかった。

「では、まず状況の整理と対策を。……今日のスケジュールは大幅に変更ですね、一級、いえ、〝塔級冒険者〟への蒐集竜様の探索依頼を正式にギルドから発行しましょう」

「今日は待機の塔級がいるのかい？　ああ、ロウソクが消えたことは帝都の皇帝閣下も既にご存知だろうし、教会の銭ゲバ女主教も摑《つか》んでるだろう。わあ、竜大使館への説明もいるし……なんで、竜が死んどるんや」

「記録に残っている竜の死亡ではおよそ200年振りでしょうか？　大戦期に〝魔術学院〟が〝炎竜〟を一度殺しています。まあ、そのあと復活した炎竜に学院はその祖である〝全知竜〟とともに焼き尽くされていますが」

「はあ、いっそ連中の命が1つだけならまだマシなんだが……不死寸前の生き物だからなあ。……マリーくん、各地方、そして帝都にはもう〝竜祭〟の届出を出しておこうか、竜大使館から言われるより先にこの都市として竜を盛大に迎えることを発表するのが体裁がいいだろう、どうせすぐに彼女はご帰還なされるだろうからね」

「あら、領主様、いいお顔になられてきましたね。貴方様《あなた》はやはり、追い詰められないと本気が出せないようで」

「まあ、やるしかないから……んおおおお!?　やべえ！　竜の巫女様が亡くなったってことは、あのクソガ……じゃなかった非常にご聡明《そうめい》にあらせられる、〝姪御《めいご》殿〟へもお知らせしなければ……」

「ああ、皇帝閣下の。なんでも、また家庭教師をクビにしたらしいですね。齢《よわい》7つにして〝古代ニホン国語〟の学位を取得されている才女様ですから。帝国の未来は非常に明るいかと」

「あの知識マウントだけは勘弁してほしいけどね……もう叫び疲れたよ……とほほのほ。なんで私の任期中にこんな厄介ごとが起きるんだ……ま、まあ、こんなこと一度きりか！　うん、もう大丈夫、これ以上のことはもう絶対起きない！　竜が死ぬより厄介なことなんてない！」

領主が自分を鼓舞するがごとく満面の笑みで頷《うなず》く。

ピコン。誰にも聞こえない旗の立つ音が世界のどこかで響いた。

「今、どこかで何かが立った音が……あら、領主様、少しだけいいお知らせです」

ギルドマスターが手に持っている千年樹のバインダーを覗《のぞ》きながら呟《つぶや》いた。

「そういうのはもっとちょうだい、で、なにさ」

「本日の地下待機冒険者の中に、〝塔級冒険者〟が1人、いらっしゃいました。ふふ、なんの因果でしょうね。死んだ竜を彼女に捜索しにいってもらうとは」

「え？　誰？」

メガネがキラリ、反射して。

「元、勇者パーティー、射手」

その言葉に領主が固まる。

数百年前に終結した大戦、いつから始まって、誰がなんのために始めたかもわからないほどに長く、永い戦いを終わらせた英雄たち。

帝国と王国を除き、他の人類国家と魔の王と呼ばれる未知大陸の支配者を滅ぼした世界の免疫システム。〝勇者パーティ〟その生き残りの1人。文字通りの生ける伝説、あるいは伝説の生き残り。

「塔級冒険者、〝ウェンフィルバーナ〟様が現在、ギルド地下にて待機中です。いかがいたしますか？」

「う、うーん、厄介」

ぎゅぎゅぎゅぎゅ、領主の膨れた腹が音を立てた。

◇◇◇◇

帝国暦第3紀　28年　開花の月　12日。

この日、帝国全土に衝撃が走る。

伝書鷹《だか》の中で最速、最優、コンドミニアムがその日午前中には帝都にその知らせを報告。

帝国と竜界の融和の象徴。

竜の巫女、〝蒐集竜《しゆうしゆうりゆう》〟、その7つある生命のうち、1つの落命。

その死の追悼と、約束されたいいい復活の祝いで200年振りに冒険都市のみならず、帝国全土での〝竜祭〟の開催の具申。

皇帝の判断により貴族両院の会議を経ずに、この開催を決定。

これにより帝国の経済は一気に加熱。帝都を中心に食料品や高級品の商人ギルドによる買い付けが加熱。

物流の活発化により馬車商人の護衛のため、各地の冒険者ギルドへの依頼が殺到。多くの冒険者の懐が潤う。

その金は飲食店、そして色街へと流れ込み行き渡る。暗い場所を生業とする存在たちにもまた竜の死と復活の恩恵は生き届く。

帝国。

未知大陸を除き、別大陸の王国を除けばたった1つの亜人を含む人類種《ヒューム》国家。

歴史において帝国の激動の時代の始まりはいつも、その街、冒険都市から始まるものだった。

今回も、それは例外ではない。

この日、ギルドより地下待機していた〝塔級冒険者〟。

元勇者パーティ、射手。ウェンフィルバーナへと指定依頼が発行。

ウェンフィルバーナはこれを快諾。その日のうちにヘレルの塔へと出発し、すぐに壊滅状態の2級冒険者の徒党、【ライカンズ】の生き残りと接触。

とある冒険奴隷《カナリア》。

2人、リザドニアンと〝黒髪の奴隷〟を逃したことをきっかけに起きた騒ぎ。それに引き寄せられたヘレルの塔原生のモンスターの襲撃を受け同徒党は壊滅。

ウェンフィルバーナは生き残りをギルドへ送還したのち再び、塔の探索を開始。

第一階層下に新たに見つかった光る滝壺《たきつぼ》付近にて復活直後の〝蒐集竜〟を発見。

黄泉《よみ》がえりを果たした竜は非常に凶暴になっている故、戦闘の危険もあったが蒐集竜は恐ろしいほどにおとなしかったという。

ウェンフィルバーナが〝蒐集竜〟とともにギルドへ帰還。

そして、その後、当たり前に1つの命を消費して蘇《よみがえ》ったその竜。帝国において〝竜の巫《み》女《こ》〟と崇《あが》められる蒐集竜の言葉は大陸を大きく揺るがすことになる。


「オレを殺した奴隷を探し出せ」

「人間の黒髪の奴隷だ。出来ぬのなら竜界は今後、帝国との縁を切る。だが、その奴隷を探し、オレの下へ連れてきたのならば竜界と帝国の盟約は永遠のものとなり、見つけた者には更に我が蒐集品《しゆうしゆうひん》、その全てをくれてやっても構わん」

蒐集竜自らの言葉で明かされた衝撃の事実。

つまり、奴隷が竜を殺したのだ。

この言葉によって冒険都市では辺境伯の抜け毛が通常の1000倍に増え、帝都では皇帝が紅茶を天井にまで吹き出したという。

〝蒐集竜〟の下知により、冒険者界隈《かいわい》の経済は活発化。

ヘレルの塔への常の挑戦を認められている塔級冒険者はもちろん、一級冒険者や2級冒険者も我先にと件《くだん》の奴隷、竜を殺した〝黒髪の奴隷〟捜索のため、ギルドにて塔への挑戦申請を提出。

ギルドはその処理に追われるも、竜協定に基づき、特例的にほぼ全ての2級以上の冒険者にヘレルの塔への登頂を許可。

多くの冒険者が塔に挑むための武具を買い揃《そろ》えることにより、鍛冶屋も大繁盛。

鍛冶屋が忙しければ鉱山所有者もホクホク。

そして多くの冒険者が実力不足のまま、魔境である塔へ挑むためにたくさん死ぬ。

祈りやら葬儀やらで教会もホックホック。銭ゲバ女主教の内陣室からはしばらく笑い声が止まらなかったとか。

まさに、竜が死ねば全てが儲《もう》かる、と言った様子で帝国、その巨大な1つの生物が蠢《うごめ》き始めていた。

しかし、肝心かなめのその〝黒髪の奴隷〟は未《いま》だ、見つからず。

竜に挑むことを誉とし、それに打ち勝つことで竜の番《つがい》にならんとする名誉ある〝教会騎士〟たちは総力を挙げて帝国中を探し回るも見つからず。

若い教会騎士の何人かは無謀にも、奴隷に殺される程度の竜ならば自分にだってと勇足に駆られるものもいた。

もちろん、皆、もうこの世にいない。消し炭か、生首か。蒐集竜のその日の機嫌次第でミディアムかレアかを選ばされていた。

また、似たような奴隷を用意して竜を騙《だま》そうとした冒険者は皆一様に、消し炭にされ、それに恐れた生半可な冒険者は次第に塔への挑戦をやめていた。

竜祭りの準備が進めば進むほど、経済だけが加熱、膨張を続けていく中。

あっという間に、蒐集竜の死と復活から激動の1ヶ月が経《た》とうとしていた。

◇◇◇◇

～そして時は、遡り。黒髪の奴隷が蒐集竜を殺した直後のこと～

「よーし、ぶっ殺した。あー、いい満足感だ。さて、トカゲさん、ラザールも多分逃がせたことだし。こっからどうすっかな」

背伸びしながらあくびをする遠山《トオヤマ》。するとまだ矢印がフヨフヨしていることに気づく。

「ん？」

それはキリヤイバが殺し尽くした生命の抜け殻を指していた。

【死骸を漁《あさ》る】

「おっ、そういうのもあるのか。いいね」

中身は別として、キリヤイバの刃ですら傷つかないその鎧《よろい》。そして恐らく予備を持っているだろう帰還手段。

ああ、そうだとも。探索者の勝利の後には報酬が必要なのだ。遠山鳴人《ナルヒト》が血の池に沈む〝戦利品〟へとゆっくり、足を伸ばしていった。

「えーと、鎧……は、だめだ。外し方がわかんねーし、そもそも殺した奴《やつ》の鎧なんざ着たくねえ」

血だまりに沈む鎧ヤロー、遠山はしゃがみ込んでその死骸を漁り始める。

「大槍《おおやり》……あんまデカい武器好きじゃねえんだよな。カッコいいんだけど実用性がなあ。

そういや組合やらアメリカがパワーアーマーの開発をしてるって都市伝説あったけど、そういうの欲しいなあ」

装備をあさりつつぼやく。

「角つきの兜《かぶと》……それに金色の鎧、うわ、完全に胸の部分は溶けてやがる」

致命傷となったであろうナイフに傷口を見る、炎はすでに消えているがその刺し傷は完全に鎧を溶かし心臓を焼き尽くしていることだろう。

「マント、すげえいい素材、てかこれ素材なんで出来てんだ？　まあ普通にいらんな。なんかコイツの格好、バチカン市国の指定探索者共と似てんなあ」

いまいち役に立ちそうなものがない。

だが、遠山は鎧ヤローがあるものの予備を持っているのではないかとあたりをつけていた。

「お、ペンダント？　当たりじゃねーか？　爪の形に、翼と剣の印章……やっぱ予備あるじゃねーか。ん？　もう一つある。なんだこりゃ、ドッグタグ？　まあ金ピカで高そうで持ち歩きしやすそうだし、これもーらい」

首元に光るソレをぶちりと剝ぎ取る。ラザールに渡した帰還印とやら。それと一緒に軍隊が使う識別証のような金色のプレートを剝ぎ取る。

「てか、コイツ、マジで何者だったんだ？　翼に、尻尾。ラザールは竜とか言ってたけど人間、じゃねえのか？……まあ、ぶっ殺したからもういいか」

余裕勝ちに見えて、その実、かなり綱渡りだった。

「南無阿弥陀仏《なむあみだぶつ》、南無阿弥陀仏。まあ次があったら今度はてめえが勝つだろうな。二度とてめえが生まれてこないことを祈るよ」

遠山鳴人の切り札、【未登録遺物キリヤイバ】は、ハマればそれこそ格上にすら通用する兵器だが、性能はその実かなりピーキーだ。

「キリヤイバは俺も巻き込まれるからなあ。風上にいてよかったぜ。仕込みも充分殺せるレベルに広がらせるには時間かかるし……ぶり返しもキツいしなあ。まあ、生きてるからいっか」

相手がこちらを完全に舐《な》めていたこと。遠山の切り札の存在を知らなかったこと。

そして何より一対一のタイマン勝負、遠山が周りの巻き添えを気にせずに戦えたこと。

全ての要因が絡み合い、遠山は命を勝ち得た。軽く戦闘の振り返りを終え、鎧ヤローから剝ぎ取ったそれを見つめる。

「よし、じゃあもうさっそく使っちまうか」

事実だけを考える。ここが夢なのか、それとも現実なのか。

「夢だった時は別にいい。なにしようと俺はあん時に死んで、全部終わったんだ。ソレは受け入れよう」

だが、もし、もし仮に——

「これが現実で、俺がまだ生きている。続きがここだとしたら俺はめちゃくちゃにラッキーだ。現代ダンジョンなんてモンがあるんだ。こんなことが、ああ、これが現実でもおかしくはない」

夢なら夢で全て諦める。だが万が一の可能性、つまり、自分はまだマジで生きていて、あの最期の瞬間の続きの中にいるとしたなら——

「……今度は死なねえ。生き残ってやる」

この状況に対する遠山の答えはシンプルだった。ひとまずの納得を終わらせて、改めて遠山は手のひらにおさめたペンダントをみつめる。

使い方はもう知っている。仕組みはわからないが方法はこれしかない。どこの場所かもわからないが、辺りに満ちる空気はよく知っている。

現代ダンジョン、バベルの大穴と同じ空気、つまり人間がいるべきところではない別世界の空気。

「そういや、亜人っぽい奴に訳の分からない鎧ヤローとはいえ、人をやったのは初めてだな」

4人の敵を始末した。ふとそれが化け物ではなく人だったことを思い出す、すこし遠山は考えて。

「なんか思わずやっちゃったなー。ついにって感じだぜ。まあ、だけど、化け物殺した時と大して変わんなかったな」

思ったよりも平気だ、探索者になった時に初めてオオトカゲの化け物を狩った時の感覚と似ている、思ったより全然平気。

斜め上の考え方で遠山は1つ現実を受け入れる。現代ダンジョン、バベルの大穴は人を酔わせる。扁桃体《へんとうたい》や脳のシナプスに影響するその現象は、倫理観を狂わせ、人を探索者へと変えていくのだ。

その酔いは3年という探索者期間により、遠山鳴人の脳を変異させていた。

「そして、もう一つ、ラザールは確かにここから離脱している。この帰還印、とやらを使って」

事実、2つ目。ラザールがこの場から離脱しているということ。

同じ帰還印、そして同じ方法ならばラザールが向かった場所にいけるのではないか、遠山はそう仮説を立てる。

その他色々考えたいことはあったが、場所が場所だ。遠山は思考を放棄して、そのペンダントを手に握る。

「遠山鳴人！」

持って、名前を唱えれば。まるでマジックアイテムだな。遠山は少しワクワクしながら待つ。

……なにも起こらない。

「ん？　あれ。遠山、鳴人」

ただ、滝壺《たきつぼ》から落ちる水の音と小川が流れる音だけが聞こえる。

「……とおやまなるひと」「トーヤマナルヒト」

少し発音を変えてもダメだ。ラザールの時のように光に包まれたりも、この場から離脱することも出来ない。

「なーんも反応しねえ……不良品か？」

ばちゃり。遠山が印を見つめてぼやいていると、ふと、水の音。

いや、違う。水面がめくれて何か濡《ぬ》れたものが地面を打つ音がした。

「ワニ」

「ん？」

気付けば、足元にソイツはいた。

濡れそぼる胴長、ワニのような大顎、地面を這《は》う身体《からだ》はおたまじゃくしのように手足がなく縦に備わるヒレだけがある。

「おっと、マジか」

目は白く濁り、その牙ははっきりと鋭い。肉食、一瞬で遠山は理解して――

「ワニ」「ワニワニ」「ワニワニワニ」「パニック」「ワニワニ」「ワニワニ」「ワニワニワニワニワニ」

ばちゃ、ばちゃちゃ、ばちゅり。

次々、小川から黒い身体を震わせて、ソイツらが現れる。ぬめぬめした身体を捻《ひね》り、揺らし、ねめつけながら遠山に近づいてきた。

「……あらー、ぼっちゃまたち、なんでみんな出てきたの？」

「ワニ」

がちん！

突然、1匹がその大顎を開いて遠山の足を狙う。間一髪、足を引いてかわす遠山。

「ひえ!?　やる気まんまんかよ!?」

「ワニワニ」

「パニック」

「なんだぁそのふざけた鳴き声は!?　おたまじゃくしとワニ!?　ふざけた怪物だな!!」

みるみる間に集まってくる化け物たち、一匹一匹のサイズは大したことないが数が多すぎる。数の暴力の恐ろしさは探索者ならば誰でも知っている。

「やべえ、血の匂いに寄せられたのか？　くそ、ノリノリになりすぎてた、おいこら！ワニジャクシども!!　こんな貧相なナリで元気ピンピンの俺よりそこに血だらけのたった今生肉になった鎧があるだろうが！　そっち狙え、そっち！」

「ワニ？」

「ワニワニ？」

「ワニニーニ？」

遠山《トオヤマ》の声にワニとおたまじゃくしの特徴を持つ、仮名称〝ワニジャクシ〟達が仲間内でワニワニ喋《しゃべ》り始める。

全員が血溜《ちだ》まりに沈む鎧をチラリと一瞥《いちべつ》し。

「パニック」

頭をふりながらまた遠山に向き直る。ギラついた牙を覗《のぞ》かせ、涎《よだれ》を垂らしながら。

「そーですか。生きてる方が新鮮ですか。はいはい。っふ!!　おりゃあ!!」

遠山が一気に駆け出す。

探索者の判断は早い。瞬時にその場からの逃走を選ぶ。

野生動物に背を向けて逃げ出すのは刺激してしまうため悪手だが、怪物は別だ。刺激しようとしまいとこちらを食い殺そうとしてくるのだから。

「「「ワニ！！！」」」

「くそ、クソクソクソ!!　奇襲には弱いんだよ、キリヤイバは!!」

案の定、追いかけてくる。足がないにもかかわらず地上での速度もなかなか速い。

粘液、地面を滑っている。

「ワニ!!」

「ひゃあああ!?　めっちゃ増えとるううう!?　なんだコイツら、なんで俺を狙うんだ!?　ええい、一《いち》か八《ばち》か!!　遺物、霧散!!　キリヤイバ!!　濃い目!!　超濃い目!!」

走りながら後ろを振り向く。数えるのが嫌になるほど増えていた。遠山が、悲鳴を上げながら遺物を起動。首からいづるのは〝竜〟すら殺し尽くした世界のバグ。

一気に、遠山を中心に深く重たいマシロの霧が世界にまろびでる。

「ワニ!?」

「やべえ!?　俺も見えねえ!?　矢印さん!!　矢印さあああん!!　目的地、目的地教えてええええ!?」

ピコン。

「お、さっそく来た!」

【サイドクエスト発生】
【クエスト名　〝あるいは懐かしき再会〟】
【クエスト目標　ウ$$ン@&&aaフィル&b&aバ#ナ??・ジ###&_ソル・ゥ?2スク

【とマ&スのキャンプ地までたどり着く】


「文字化けしてるけど、まあいい！　矢印、矢印！　あった！」

白い空間、しかし矢印だけははっきりと進むべき道を知らせる。その矢印に従うか従わないかの主導権はすでに遠山にある。

奴《やつ》らが霧に迷っている今のうちに――

「ワニ!!」

がちん!!

その顎の一撃を躱《かわ》せたのはたまたまだ。遠山の首を狙ったそれ、たまたましゃがんだことでワニジャクシが空振り、遠山を飛び越す。

「うおば!?　は!?　俺の場所がバレてる!?　視覚感知型じゃないのか!?」

「ワニワニワニ」

パニックになりながらも遠山の探索に最適化された脳みそが回転する。

視覚以外で感覚器官になりうるもの、耳、鼻、だがコイツらはあの川から出て来ている、水棲《すいせい》の生き物、だとしたら聴覚も嗅覚もメインの感覚器としては弱い。

あと残るのは――

「熱!!　ピット器官!!　まさか、コイツら」

探索者として蓄えた生物知識、遠山が現代ダンジョンで狩っていた怪物種の中にも地上の通常生物、蛇と同じように熱で周囲の環境を探る化け物もいた。こいつらもそれと同じなのだろう。

「ワニィ」

「見た目がおたまじゃくしとワニヅラのクセして、まさか、蛇の仲間!?」

「ワニ」

「その鳴き声はてめえ、詐欺だろ!?　くそ、殺せ、キリヤイバ!!　で、イダダダダダダダ!!」

一か八か。リスク承知でノープランの遺物使用、しかし案の定ソレは悪手だ。

プシ、ペシ。

遠山の衣服が切り裂かれる。その力は主人にさえ牙を剝《む》く。世界を切り刻むにあたって霧の中にいるのなら主人さえ、関係ない。

キリヤイバの誤発、ピーキーなその性能はこの乱戦の中では自殺行為に等しい。

「やっぱ、無理あるか!!　中止、キリヤイバ、とまれ!!　すてい!　ホーム!!　ごーほーむ!!」

すぐに遠山の指示通り、キリヤイバがその動きを止める。何匹かは殺せたらしいがだめだ。充分に行き渡っていないキリヤイバの殺傷力は低い。

「くそ!! 走りにくい!! このボロ靴!!」

ぬるり。粗末な革のペラペラな靴、川辺、濡れた砂利石の上を滑り。

「ワニワニ」

「あ、や、ば」

遠山がこける。あの時と同じだ。化け物に多数の化け物になぶり殺しにされる。

「まじ、かよ」

また殺され――

『ネガティブ、多数の水棲型怪物種の群れを確認、およびそれに追われている現地人らしき人影を視認。警告、頭を低くしてその場に伏せるのを推奨します』

よく通る声だった。

果てなく続く麦畑、その上を自由に駆ける風のような声。喋り方はどこかロボットぽかったけど。

「っ!? どっせい!!」

反射、言われた通り体勢を崩したそのままに頭からスライディング。

『ポジティブ、いい反応です、現地人。起きてください、ウェンフィルバーナ交戦を許可してください、本日の意識当直である私が救出します』

無機質な声が闇の奥から。

「ワニ！！」

「あ、危ねえ!!」

『PERK　ON　鷹の目《ホーク・アイ》』

「ワニワニワニワニワニワに！　パニック!!」

『さらに、ウェンフィルバーナの風の権能を使用』

辺りを照らす光る岩が、その姿を照らした。

『戦闘効率評価、無傷での殲滅《せんめつ》を可能と判断、M－66、寄生生物兵器〝マルス〟、臨時共生体〝ウェンフィルバーナ〟』

女だ。

長い、髪――

『コールサイン、〝シエラ・スペシャル〟ENGAGEMENT《交戦》』

〝金色〟の髪――薄暗い空間でもソレ自体が輝くように。

金色の髪、豊かに腰まで伸びるそれが波打つ。

青い瞳が怪物の群れを全て捉える。

華奢《きやしや》な身体、流れる動作で女が弓を引く。

「パニック？！！？」

放たれる矢、遠山へ飛びかかる化け物の頭へ飛ぶ。

スパン、良い音がして。

「うそ、だろ」

それだけで全てが終わった。

たった一本の矢、のはずだ。

それが生き物のように空間を飛び、化け物の頭を貫く。

1匹を貫いた後、そのまま次の獲物を探すように。物理法則を完全に無視し、生き物の如《ごと》く動く矢が全ての化け物を貫き殺した。

一瞬で、怪物の群れは沈黙した。

『敵性反応の殲滅を確認。戦闘効率評価、さらに上昇。……あまり調子に乗らないでください、ウェンフィルバーナ。それでも、彼と私のコンビのほうが強力です』

彼女の金色の髪が、なびいている。そこだけ不自然に風が吹いている。まるで彼女が風を吸い寄せているように。

「す、げえ。なんだ、弓矢？　か、ぜ？」

『お怪我《けが》はありませんか？　現地人。あなたは非常に運が良――』

奇妙な服装。

モコモコの民族衣装のようなデザイン、様々な人種が集まる〝バベル島〟でも見たことない装束。

弓矢を背中のベルトにしまいながら、その金髪の女が手を差し伸べて――

『――えっ？』

固まった。

青色の瞳が、大きく見開かれ、形の良い口がぽかんと開いている。ド級の美人だ。遠山は少しビビりながらも――

「あ、ああ、どうも。いやほんと助かりました。……あの、どうかなさいました？」

『ネガティブ……まさか、黒髪、栗色《くりいろ》の目、そのDNA構造……日本人？』

「あ、はい、ニホン人ですが……」

何か不味《まず》かったのだろうか。

そして突如、金髪の女が顔を顰《しか》めた。

『ネガティブ、なんですか、ウェンフィルバーナ、今、この現地人の解析を、え？　知り合い？　ちょ、待ちなさい、本日の肉体の操作権は私に――』

まるで、そう、誰かと話しているようだ。

遠山とこの女しかいないのにもかかわらず金髪の女が誰かと1人で喋り始める。そして急に黙ったかと思うと、がくりとその首を下げて動かなくなった。

「え!?　ちょ、もしもし!!　大丈夫です？　ちょっ――あ？」

言葉を失う。目の前で起きた明らかな異常に。

金の髪、豊かな黄金の麦畑、太陽をイメージさせるこの金の髪が変わり始めた。

月、夜空に光る月、冷たい銀の匙《さじ》、幽谷を吹きすさぶ風。

その髪が、みるみる〝銀色〟に変わっていく。遠山《トオヤマ》はその銀色に目を奪われる、あまりにもそれはキレイで、美しくて。

「——ク、クク、ああ、なんてことだい。そうか、そういうことだったんだね」

風が、彼女の髪を掬《すく》う。

長い髪の真ん中だけ器用に、母親が娘の髪を結うように、風が彼女の髪を三つ編みに結う。

「は？　髪の色、なん、で？」

遠山が目を剥く。

「ククク、ああ、そんなに驚いた顔をしないでおくれよ。やあ、久しぶりだね、ニホン人」

目の色も変わっていた。青空、夏の海と空を閉じ込めていたような瞳が、今や理解不能の七色、虹色に変わる。

見ているだけでおかしくなりそうな虹色の瞳、それが遠山を面白いものをみた、とばかりに歪《ゆが》んでいた。

「は？　だ、れだ？」

「ああ、そうか。そうだった。〝風〟にとってこれは再会だが、キミにとっては初対面か。ククク、面白い場所だね、この塔は本当に。まさに全ての時と場所がごちゃ混ぜになった収束点というわけだ」

「……すまん、助けてもらって悪いけど、アンタ、大丈夫か？　なんか、ついさっきと話し方とか、雰囲気が全然」

「クク、ああ、少し、色々あるのさ。すまない、混乱させたね。改めて、はじめまして日本、いいやニホン人」

「……あんた、なにもんだ」

「〝ヴェンフィルバーナ・ジルバソル・トゥスク〟、旅人さ、今はもう、ただの、ね」

「う、うえんふいるばーな？」

「ククク、新鮮だね、キミのそんな顔を見るのは。風はキミの人間らしい顔はあまり、見た記憶はなかったから。まあ、あの時の風とキミの関係では仕方ないか」

「……………」

　理解出来ない奇妙な言葉、まるで遠山を知っているかのような口ぶり。

　反射的に遠山は静かに、ソレを起動する。自分の周りに透明にした〝キリ〟を撒《ま》き始めて――

「そう警戒するなよ、懐かしき驚きの再会に少し昂《たかぶ》ってしまってるだけさ。だから、〝キリヤイバ〟を広げるのはやめておくれ。――トオヤマナルヒト君」

「……マジか、ほんとになんなんだ、あんた」

警戒度数が一気に上がる、名前だけでなくその武装まで把握されている。

「うーん、キミの……未来の宿敵？」

顎に人差し指を当てて首をかしげるその仕草。この世のものとは思えないほど可愛《かわい》いので少し見惚《みと》れかけつつ、顔には出さない。遠山は銀髪の可愛い女の子が性癖だった。

「なんの、話だ？」

「マルス、少し彼と話したい。そう怒るなよ、キミも聞いていていいからさ」

遠山の問いかけに答えず、また銀髪の女が独り言を紡ぐ。それはまるで誰かと話し始めているような。

「まあ、ここではなんだ。すぐ近くに風たちのキャンプ地がある。そこまで案内するよ。招待させてくれないかい？」

「……遠慮したいって言ったら？」

「うーん、困るなあ。ああ、そうか、キミはそういう奴《やつ》だったね。メリットを先に提示しよう。キミが素直に風の招待を受けてくれたら、今のキミの状況を教えてあげようじゃないか。あとは、そうだね、美味《おい》しい紅茶がある。どうだい？」

紅茶。

酷《ひど》く疲れた遠山の脳みそがその香りと温《ぬく》もりを求めて抗議を始めた。一度火がついた欲望に遠山は物凄《ものすご》く弱い。

「……よろしくお願いします」

「うん、素直でケッコー、さあ、こっちだ。トオヤマナルヒト、ついてきておくれ」

「あ、はい、ウェ……えーと、なんとお呼びすれば？」

「うん？　あー、そうか。気軽に、ウェンと――いいや、やはりやめておこう。キミに名前を呼ばれるのは、クク、少し怖くて嫌だな」

「……俺、嫌われてます？」

「クク、キミが風を嫌うのさ。ああ、そうだ、とても良い呼び名がある」

その銀髪の女が虹色の瞳をネコのように歪める。

ふわふわの帽子を少しずらして、顔を傾け、ある部位を遠山に見せつけるように笑った。

「その、耳、尖《とが》った？　まさか、アンタ、あのファンタジーモノで有名な……」

耳、尖っていた。人の耳ではない。それはファンタジーでお馴染《なじ》みのあの種族の特徴
――

「クク、風のことは気軽にこう呼んでおくれ。えーと。確かあの時、キミは……ああ、そうそう」

まるで、昔を、遠い記憶を思い出すように耳長の女が頭を触りどこか遠くを見つめて。

「〝クソエルフ〟だったかな？」

ニヤリと笑い、片目を閉じてウインクする。

「……ドMのお方？」

「安心してくれ、〝風〟はキミにだけはそういうの求めないから」

揺れる銀色の髪を追いかけていく。すぐにテントや椅子、そしてぱちり、パチリと火の粉をあげる焚《た》き火《び》が見えた。

「まあ、ズバリ言うとだね、うん、やはりキミはばっちり生きてると思うよ、この状況は残念ながら夢でもなんでもない、キミの現実の続きさ」

小川の流れる地下空間、そこには場違いに広げられたキャンプ地ができていた。ロッキングチェアに、自立式のハンモック。極め付きは完全にどこかで見たことのあるブランドマークがついたテントにタープ。

「あ、この紅茶うまい。なんのお茶葉だろう」

なんで遠山が知っているようなばりばり見たことある現代のアウトドアグッズが充実しているのかとかの疑問。しかし戦闘の疲れからツッコむのが面倒だった。

あまり考えず、銀髪の耳長女と火を囲み、チェアに揺られながら紅茶を啜《すす》る。

「こらこら、現実逃避するのはやめておくれ。あ、やっぱり美味しいだろう？　ヘレルの塔の隠し階層でしか取れない茶葉なんだ」

「はえー、ヘレルの塔、すか」

なんのお茶葉だろう。カモミールとダージリンの中間くらいの香り。嗅いでいると気分が落ち着いてくる。

「ふむふむ、やはりキミは彼方《かなた》から来てたわけか。マルスが反応したということは風の見立て通り日本人なわけだろうし」

「はあ、まあ、純ニホン人ですが」

「やー、まさかキミとこうしてお茶を飲む日が来るとはねえ……少し信じられないよ、まったく」

マグカップを互いに啜り、火が弾《はじ》ける音を聞く。ゆらゆら揺れる火が薪を舐《な》めていくのをぼーっと眺める。ずっと見ていられる心地よさ、完全にキャンプだ。

「……えーと、すまん。話を戻しますけど、シンプルに話をまとめると、だ。えっと、エルフさん。俺はつまり、あれだ。まだ生きてるってことでいいわけか？」

遠山が居心地の良さに呑《の》まれかけたところをなんとか立て直し、話を戻す。

「ああ、そうだとも。トオヤマナルヒト。キミは確かに生きている。ここはキミの脳が臨死の際に作り出した幻影でも、まやかしでもない。はっきりとした現実、〝日本〟とはまた違う異なる世界さ」

「異世界……」

「まあ、ショックなのはわかるよ、でも落ち着――」

銀髪のエルフが虹色の目を優しげに細め、遠山を諌《いさ》めようと新しいお茶を注ごうとして。

「え、これつまり異世界転移ってこと？」

遠山のその声は明るかった。少なくとも、落ち込んだり、パニックになっている人間の声ではない。むしろ――

「うん？」

エルフが首を傾《かし》げて固まる。予想していた反応とちがったのだろう。

「え、うそ、マジ？　え？　ほんとのほんとに来た感じ？　ええええ、嘘《うそ》。マジ？　20年代初頭に流行《はや》ってた異世界転移なんか？」

ものすごい早口で、遠山が喋《しゃべ》り始める。

「ど、どうしたんだい、キミ。なんか風が思ってた反応と随分違うね、なんか嬉《うれ》しそうに」

「いやこれはテンション上がるでしょうよ！！！」

すぱーんと、立ち上がり紅茶を飲み干し叫ぶ。焚き火が気味悪がるように揺れた。遠山鳴人《ナルヒト》には、想像以上にショックがなかった。

むしろ自分が生きているという他人からの言葉、そして戦闘直後の興奮、異世界というワード。

凹《へこ》むどころか、どちらかといえば――

「……わーお。すごい良い笑顔。キミ、かなり愉快な人間だったんだねえ。彼と気が合いそうだよ、変人的な意味で」

「彼？　いやそれより!!　エルフさん、エルフさんエルフさん!!　つまり！　俺はまだ死んでなく！　ここは異世界!!　あの冒険者とかいう連中やトカゲ男のラザール、そして俺がぶっ殺した獣人や翼やら尻尾やら生やした鎧《よろい》ヤローも、あれか！　異世界の、ほんとに生きてる連中ってわけなんだな！」

遠山はオタクだ。ゆえにプチ凸《トツ》。わかりやすくアガっていた。もとより探索者になるような人間が、ダンジョン酔いにより頭を茹《ゆ》でられ早3年。

爬《は》虫《ちゅう》類《るい》脳が変異しているその男はめっぽう己の欲望、己の楽しみに弱い。早口で一気に喋り始める。細い目を糸のようにして満面の笑みを浮かべエルフに迫る。

「うん、近い近い。少し離れてくれ。キミには風、若干トラウマあるからさ。いや、今のキミに言っても意味わかんないとは思うけども」

わかりやすくエルフの顔が曇る。先程までの余裕たっぷりの表情はそこになく、ただただ困っていた。

「あ？　トラウマ？　アンタとはさっきから微妙に話が噛《か》み合わねえな。だが、今はそんな些《さ》細《さい》なことどうでもいい!!　ひ、ヒヒヒヒヒ、そうか、ついにしてしまったか、異世界転生、いや、転移か？　その辺はっきりさせとかないとな、ジャンル詐欺はトラブルのもとだ」

「うわ、すごい早口。……うん、なんだって、マルス？　ああ、なるほどあれがデータベースにある〝オタク〟という奴かい。ふうん、まあ図太いことはいいことじゃないか」

「誰がオタクだ！　俺はただガキの頃にそういうもんに触れることが出来なかったから歳《とし》をとったあとに空想やらファンタジーに触れて拗《こじ》らせただけだ！」

言葉の端に軽い闇を感じる言葉。遠山《トオヤマ》はしかし、思い切りはしゃいでいた。

「ああ、うん。キミ、なんかもう色々面白いな…うん、待てよ？　今さっき、キミなんていった？」

「にしてもこの紅茶美味《うま》いな。すげえ深い。え？　なに？　俺がオタクじゃない話です？」

エルフが継ぎ足してくれた黄金色の紅茶をまた啜る。飲めば飲むほど元気が湧いてくる。深くて暖かい味だ。

「いや、それよりも前、前だよ。あのパン屋のラザールくんやらなんやら、翼の生えた鎧ヤロー？　待てよ、待て待て、蒐集《しゅうしゅう》竜《りゅう》の方はまだいい。それは知っているからね。だが、何故《なぜ》今この段階でラザールくんの名前が出てくるんだ？」

エルフの声が少し低くなっていた。首を傾げ、仕草こそかわいいものの、虹色の瞳に無機質な光が宿る。

ピリ、遠山は空気が変わり始めるのを肌で感じる。

「あ？　アンタ、ラザールの知り合いか？　いや、同じ奴隷の馬車に、乗って……」

言葉を途中で止める。

エルフの表情を見て、遠山は内心、舌打ちをした。

しまった、はしゃぎすぎた。

コイツがあの冒険者どもや鎧ヤローの関係者だった時、場合、非常にまずい。

「………アンタ、鎧ヤローや冒険者とかいう奴らとはどんな関係なんだ？」

遠山が思考を切り替える。喜色満面のオタクフェイスが嘘のように消え去る。真夜中、雪が積もって辺りを白く染め上げるように、遠山の顔から表情が抜け落ちた。

無風状態、静かに無意識に、キリヤイバを広げ始め――

「……キミさあ、ほんとあの時もそうだったけど、スイッチの切り替え激しいよね。まるで1人の人間の中に2つの人格があるみたいだよ。まあ、今の風は人のことは言えないが」

ずずず。見た目に反して割と豪快に紅茶を啜りながらエルフが言葉を紡いだ。

パチリ。その長い華奢《きゃしゃ》な指を鳴らす。指先に風が逆巻き、白いモヤがその風に巻き取られる。

「……マジ、か」

空気中に溶かしていたキリヤイバが、消えた。

遠山は遺物を解除していない。エルフの指先に集められたキリは風に巻かれて散ってゆく。

「キリヤイバでは風を殺すことは出来ないよ、トオヤマナルヒト。少なくとも今の軽いキリヤイバでは、ね」

ニヤリ、笑うエルフの顔。ゾッとする美しさ。遠山の額から冷たい汗が浮き出る。

「そう殺気だつなよ、トオヤマナルヒト。安心してくれ。キミが殺したその鎧ヤローや、冒険者の連中と風は別に仲良しこよしの関係じゃない。ただ、あれさ。思い出しただけだよ」

「……何をだ？」

「風が勝てた理由。そして負けた理由さ。んー、だとするとやはり辻褄《つじつま》が合わないなあ。ラザールくんが奴隷？　しかもキミが今ここにいるということは……風はあの時、ここではなくて上の階層でキミと出会っていた気がするんだが……ふんむ、ふんむ」

「……アンタの話はどうも、よくわかんねえな。アンタだけしか知らないことが多すぎる、そしてソレを説明する気もねえ。だが、1つはっきりしてることがある、アンタは俺のことを知っている、なぜだ？」

「言わなければ痛めつける、とでもいいたげな顔、だね。ああ、トオヤマナルヒト。らしいじゃあないか。その冷たい表情……風にとっては、その顔の方が馴染みがあるというものさ」

良くない空気が満ちる。

探索者街の路地裏で、ガラの悪い探索者連中に絡まれている時、バベルの大穴で、怪物種がこちらを品定めするように見つめている時。

冷たい争いの空気。

「……1つ聞かせろ」

遠山が口を開く。先程のやりとりでキリヤイバでは始末出来ないことを確認した。

ならば現状、このエルフと敵対するのはやばい。殺し方がイメージ出来ない相手とは争うべきではない。遠山の戦闘思考がそう結論を出す。

この空気をなんとかしようと、己の持ちえるユーモアのセンスをフル活用して――

「何かな」

「アンタ、その、一人称……風って、独特すぎねえ？」

「……うるさいよ」

さらに空気が重たくなる。遠山には残念ながら人を和ますユーモアのセンスはなかった。

「おっと、ああ、マルス、久しぶりの宿敵に会えてテンション上がっただけさ。キミや彼だっていつも無茶苦茶してるじゃないか。そう怒るなよ」

エルフがまた独り言、明らかに誰かと話している。だがその会話の相手はどこにもいない、少なくとも遠山にはそう見えた。

「…………」

もうどうしていいかわからなくなった遠山はとりあえず、雰囲気を保つために怖い顔を維持する。

「おや、ふふ、〝パン屋付き〟、或《ある》いは、そう、〝鴉《からす》狩り〟の雰囲気じゃないか。ああでも、キミにはやはりあの名前が一番似合う。良い顔になったね、トオヤマナルヒト」

こちらの質問に答える気のなさそうな態度。しかしなんとか話は続きそうだ。

「……だがますます解せないな。ふむ、キミと〝凪〟がここで出会うとなると……何かがおかしいぞ。なあ、キミ、〝凪〟とは初対面なんだよね？」

「いやアンタ自身がさっき初対面がどうとか再会がどうとか言ってなかったか？」

若干意味のわからないエルフの言葉。おかしいのはてめえの方だ、という言葉が喉から溢《あふ》れそうになるのを気合いで止める。

「まあ、そうなんだけどね。ん？　んん？　改めて眺めて思ったけど、キミ、その服装……？　どうしてそんなボロい服装なんだい？　探索服、あの趣味の悪いパーカーや拳銃や金槌《かなづち》は？」

「うわ。なんで俺の探索者道具のことまで知ってんだ。気味悪いな……なくなってたんだよ、気付いたら馬車の上で、この奴隷服だった」

「……ふむ、ふむ。まずいな。風の時と状況が明らかに違うね。あまり悠長にしているわけには行かなそうだ。うん、決めたよ。トオヤマナルヒト、キミには今すぐここから脱出してもらおう」

「いや、そのノリで脱出出来れば苦労はしねえでしょうが」

遠山の言葉にエルフが片目を瞑《つぶ》って答える。

ロッキングチェアから立ち上がり、背伸びをぐぐっと。

仕草が可愛《かわい》い。遠山がまた目を奪われていると――

「ク、ああ、やはり〝風〟はキミのことが嫌いだよ」

「あ？」

虹色の瞳が、遠山を見ていた。エルフがその桜色の唇に細い指を当て――

「我が運命の前に現れた欲深き濃霧よ、世界を保存する力を持ちながら、世界を進めた〝強欲冒険者〟よ」

遠山に告げられる言葉。

「――欲望のままに生きるといいさ。キミに阻まれた我が願い、忘れた日はない。だが、きっとそれで良かったのだろうね」

それは恨言のようでもあり、また祝言のようでもあり。

「……アンタ、何を」

「ここから帰還しようとしてたんだろう？　だんだんこのあとの流れを思い出してきたよ。キミは確か、ギルドに突然現れたんだってね。だが〝蒐集竜〟の持っていた帰還印はキミには使えない。キミはこの世界の命ではないんだからね」

「この、世界……そうか、異世界だから。その世界の奴《やつ》だけしか使えない的なアレか」

数々の異世界転移転生モノのエンタメに浸《つ》かり、培っていた予備知識が遠山にひらめきを与える。

あの鎧ヤローも似たようなことを言っていたはずだ。

「くく、キミ、本当こういうの察しいいね。ああ、〝オタク技能〟か。ギルドの水晶じゃ観《み》られないだろうねえ」

「だから俺はオタクじゃねえって、……なんだ、これ、お前、何した？」

びゅおう、逆巻くそれが頬に砕けた。風だ。

気付けばいつのまにか遠山の身体《からだ》の周りに風が張っていた。四方八方から扇風機の強風に囲まれているような――

「だから怖いよその切り替え。クク、ああ、キミをここから逃してあげよう。今のキミではこの〝塔〟はまだ登れない。街で生きるといい。仲間を集め、基盤を整え、戦いに備えるといいさ。キミが守るあの街、冒険都市、でね」

「街……？　ギルド……なるほど、探索者と同じようにあの連中を管轄する組織があんのか。冒険者ギルド……2級……職業としてこの塔を探索するのが冒険者ってわけか」

オタクとしての察しの良さが遠山に理解をもたらす。

「ああ、うん。キミもう説明いらないね。まあ、アレだ。悪いけど、ここで〝風〟と出会ったことはナイショにしてもらうよ。まあ出来る限りは流れに沿おうじゃないか。何かが狂ってるとしても、あまり状況が変わりすぎるのも心配だ」

「ナイショ？　てか、俺とアンタで知ってることと知らんことの差がありすぎるような」

「……うん、やはり、同じ方向で行こうか。記憶を封じ込めさせてもらおう。なに、害はないさ」

物騒なことを言い出すエルフに遠山《トオヤマ》が目を剝《む》く。

「いやそれ、待て待て待て、記憶洗浄だろ？　害ありまくりだろ。俺、何回もそれ探索者組合にされてるけど、頭かなりハッピーセットになってんぞ」

「ええ……なにそれこわい。そっちは怖いね。さすがマルスを作り出す文明だよ。……クク、まあ。なんだ、精々頑張るといいさ、強欲冒険者」

「いや待て、まだアンタには聞きたいことが山ほど」

「焦るなよ、いずれまたキミと〝風〟は出会う。いや、その時の〝風〟はまだ、〝私〟の時かな、まあいいんだ、そんなことは。……期待しているよ、強欲冒険者」

「これ、風、くそ、前が……」

びゅおう。

いよいよ、風が強くなる。もう扇風機がどうのこうのというレベルではない。

テントやハンモックは全く揺れていないのに遠山の身体の周りだけ突風が吹き荒れる。

「ギルドの連中や、昼行灯《ひるあんどん》の領主殿、抜け目ない女主教、そしてあのいけすかない竜たちによろしく。ああ、あと、キミ、貧血には気をつけな。クク、竜のヒモに吸血鬼のエサ、これから大変だね」

「ぐ、お」

風に足を取られ倒れかける。

「ああ、あと、ラザールくん。彼にもよろしく。今思えば彼のパン、アレがもう食べられないのはかなり、残念だな」

「おまえ、さっきも言ってたけど、なんでそんなことまで知ってやがるんだ?」

「さあ、なぜだろうね。クク、ホットドッグ、あれはよかったよ。ああそうだ、キミ、カラスどもには気をつけたまえよ?」

「は?　鴉?」

「では、また。トオヤマナルヒト」

「おまえ、ほんと、意味わかんねー!!」

風にまみれて届くエルフの声、それに叫んで。

「苦労をかけるが頼んだよ、きちんと殺しておくれ。バカな〝風〟を、キミの欲望のままに、ね」

「まて、おい、エルフさん!!」

「クク、またね、いいや、違うか、この〝風〟とはこれでさよならだ。我が運命を阻んだ男。竜に愛された男、知識の眷属《けんぞく》たる吸血鬼を拐《かどわ》かした罪人、強欲で厄介で、そして、素晴らしき――」

エルフが言葉を選ぶ。相応《ふさわ》しい言葉を頭を捻《ひね》って絞り出すように。

ぱっ、と。顔をあげて、ニヤリ、獰猛《どうもう》で不遜で不敵。世界をすべて敵に回してもおかしくない、そんな図々《ずうずう》しい笑みを浮かべた。

「さよなら、良き冒険を。クソ冒険者」

風が遠山の視界を塞ぐ。

「――待て、この……クソエルフ!!」

一際大きな風音が舞い、そして、足が浮いて——


【サイドクエスト達成】

【クエスト名〝あるいは懐かしき再会〟】

【ウェンフィルバーナ・ジルバソル・トゥスクとマルスのキャンプ地にたどり着き、状況を理解する】

【技能ボーナス、〝オタク〟により〝異世界転移〟による正気度の消耗なし】

【ヘレルの塔から脱出する】

オプション目標　CLEAR!

【記憶洗浄を10回以上受け技能〝アタマハッピーセット〟を所有し、忘却耐性を得ている状態で、ウェンフィルバーナの〝忘却の風〟を受ける】

隠しクエスト　発生
【クエスト名〝Know your name〟が解放されました】

【〝ウェンフィルバーナ・ジルバソル・トゥスク〟との会話を覚えている状態で、塔級冒険者〝ウェンフィルバーナ〟に出会うことでクエストが進行します】

遠山の視界に踊る文字、耳長女が手を振る光景、そして視界が風にまぶれて、全部、消えた。

第三話　人生の行く末

～蒐集《しゅうしゅう》竜《りゅう》が1つ目の命を落とした日より1ヶ月後　帝国南部領、〝冒険都市アガトラ〟冒険者ギルドにて～

喧噪《けんそう》に満ちた空間、朝から脂っこい肉の焼ける音、強い酒精の匂いが広がって。

「そりゃ俺の依頼だ！　このノロマ!!」

「なんだと!?　俺が先に手をつけたんだ！　てめえはその塩漬け依頼でもしゃぶってろ!!」

「はーい、押さないでくださーい！　早朝依頼は5番窓口から12番窓口で受け付けてまーす。おさないでー！　おさないで、って押すなっつってんだろ!?　このダボハゼどもがあああ!?」

「ぎゃあああ、ウーさんがキれた!!」

「バカ冒険者ども!!　お前ら責任とれよ！」

「ギルドの受付なめてんじゃあねーぞ!!　ごくつぶしども！　〝依頼〟を回さず〝狩猟〟

しか受けれねえようにしてやろうかあ!?」

冒険都市アガトラの朝は早い。

帝国南部領の物流の中心、そして帝国きってのモンスター素材の生産地でもある帝国経済にとっての要の地。朝日が昇った瞬間に、ギルド酒場に張り出される依頼書の取り合いはちょっとした名物だ。

「えー、もう割の良い依頼残ってねえじゃん」

「スガル村でまた山賊が出たんだってよ。この依頼受けるか?」

「んーむ、やり方が狡猾《こうかつ》すぎるな。王国の間者かもしれん。きなくせえ、パスだ、パス」

「じゃー、今日も元気に下水道掃除にするか……」

冒険者たちの動きはさまざまだ。我先にと少しでも簡単で安全な〝依頼〟を受けようと窓口に並ぶもの、それを眺めながら呑気《のんき》に会話するもの。

「あーあ、一級の連中みてえにギルドで待機しときゃ手当がつく生活がいいよなあ」

「バーカ、お前、上位モンスターの討伐なんかできねえだろうが。飛竜種に巨人種や伝承種とかのバケモンをタイマンで殺してようやくなれる人間の形した化け物だぞ、一級なんて。俺らにゃ、平原での間引きがお似合いだ」

「そしたら同じく地下の待機組である〝塔級冒険者〟の連中はなんだよ」

「決まってるだろ、バケモン以上のバケモンだ」

「へーへー、凡人は凡人らしくいきますかね。たまには割りの良い依頼うけてみてーなー。じゃあ今日も平原で元気にモンスター狩りといきますか」

比較的実力があり、安全マージンを取りながらモンスターを狩れる2級の冒険者たちが呑気に豚の腸詰めやら、焼いた芋やらをつつきながら、仕事の話に興じる。生活に余裕がある者ほどのんびりしているのはどこの世界でも同じのようで。

その日は冒険者ギルドにとって、なんの変哲もない1日のはずだった。

「クソ、2級の連中、呑気に朝飯なんか食ってやがる……」

「馬鹿、聞こえるぞ、平原で薬草採取の依頼取れたから今日はラッキーじゃねえか」

マイペースな2級をひがみながら、争奪戦を勝ち抜いた3級、4級といった低級の冒険者たちがぼやく姿もいつもの光景だ。そんな光景は唐突に終わった。

風、響く。音。

室内に、風が突如、吹いた。窓から吹き抜けるような生易しいものじゃない。なんの脈絡もなく生まれた逆巻く風はまるで竜巻のごとく室内に吹き荒れる。

「なんだ、風？」

「ああ、俺の依頼書が⁉」

「なにこれ⁉　ちょっと、誰かの〝スキル〟が暴走してんじゃないの⁉」

「お、落ち着いてください！　ギルド内でのスキル使用は認められていません！」

さかまく風が、依頼書をさらい、冒険者がそれを奪い合う。

ギルド受付嬢たちのスカートがまくれ、それを見て鼻の下を伸ばしている男の冒険者が、連れ合いの女冒険者にしばかれる。

いつもの光景。しかし、次の瞬間に風と叫び声とともに現れたソレは明らかに、イブツだった。

「クソエルフ!!って、は？　どこ、だ。ここ」

「「「は？」」」

吹き抜ける風に運ばれてきた男に、冒険者ギルド全員が固まった。

◇◇◇◇

遠山は風が消え、視界が戻った途端、その場所の光景に目を奪われた。

「――ここ、どこだ？」

建物の中だ。木の壁に、木の床。動物の毛皮のラグがそこら中に敷き詰められ、丸テーブルや、長テーブルがひしめき合う。

部屋の中央にはぱちぱちと火がはじける音を奏でるキャンプファイヤーのようなものが赤々と灯《とも》されており、その周りで肉やら野菜やら魚やらが串に刺されて焼かれている。吹き抜けのようになっている部分はそのまま煙突になっており、たいまつの煙を逃がしていた。

「……酒場？」

バベル島の歓楽街にある酒場に構造がそっくりだ。そして何より周りにいる連中。みな一様に何かしらの武器を装備している。剣、斧《おの》、槌《つち》、弓。

「……は？」

「な、なんだ、コイツ、どっから出てきた？」

「スキル？　でも、奴隷服着てるぞ」

「え？　黒髪？」

「ヒュームで、黒髪で、栗色《くりいろ》の目……」

がしゃん。ぺたり。

音。遠山《トオヤマ》を囲んで眺めていた武装した連中、その中の1人が自分の武器を落とした音だ。

みんながその、武器を落とし、腰を抜かして床に座り込んでいる女を見つめた。

遠山は、その女に見覚えがあった。

あの馬車、遠山が始末した犬男たち、それと一緒にいた獣耳の小さい美少女、そのうちの1人――

「……う、そ」

「あ？　エル、どうしたんだ、おまえ」

「そいつ」

わなわなと震える指、ぺたりと床に崩れ落ちたまま、猫耳の少女は遠山を指さした。その眼《め》は、はっきりよどんでいる。憎しみの色。

「そいつよ!!　そいつ!!　黒髪！　栗色の目!!　私たちの徒党をめちゃくちゃにした冒険奴隷《カナリア》!!　帝国中が探している〝黒髪の奴隷〟はそいつよおおおおおおお!!」

「あ、あんた、あん時の馬車に乗ってたネコ耳――」

あの時はおしとやかな雰囲気のはずだったが今は違う、目を充血させ、猫耳をぺたりと後ろに絞ったその姿は明らかに敵意にあふれている。

「おい！　おい、おい、エル！　今の言葉ウソじゃねえんだな!!　コイツがあの竜の巫女《みこ》が探してる奴隷なんだな！」

「そう、そうよ！　忘れるもんか！　コイツの、コイツとあのリ、ザ、ド、ニ、ア、ン、のせいでお姉ちゃんは……みんなは……」

「おい、あそこ今、奴隷がどうとかって」

「なんだなんだ、揉《も》め事《ごと》か？　喧嘩《けんか》だ喧嘩だ！」

「おい、あれ、エルじゃねえか？　ほら、この前、塔で壊滅した【ライカンズ】の生き残り……」

「おー、あの竜の巫女からの大チャンスを不意にした間抜けどもか、数人を除いてみんな塔のモンスターに食われたんだって？　ぎゃはは、なんだ、なんだ、また笑わせてくれんのか？」

ひげもじゃ筋肉だるまや獣人、小人。

騒ぎを聞きつけたほかの連中がぞろぞろと集まってくる、完全にファンタジーな多種族あふれる光景の中に遠山は囲まれて。

「くそ、ゾロゾロと……あーと、そこのネコ耳さん。その節はどーも。だけどアンタその被害者ヅラはどーよ」

「うるさい!!　奴隷!!　みんな、聞いて!!　コイツ、こいつコイツ!!　帝国中が探してる奴隷！　竜の巫女が探してる奴隷よ！　帝国金貨10000枚の奴隷！」

「おっと、まるで400億の男みたいな言葉だな。悪い気はしねー」

猫耳女のヒス声に遠山が軽口を返す。

「黙りな、奴隷、てめえどうやってこのギルドに現れた？　スキル持ちか？」

筋骨隆々のスキンヘッドがずいっと集団から抜け出し、遠山に言葉を向ける。

「待て待て待て、さっきのクソエルフといい、てめえといい俺の知らん単語で会話すんな、コミュ障どもが、あとハゲ、俺にそんな嬉《うれ》しげに武器向けんな。ビビって殺したくなるだろうが」

「あ!? 冒険奴隷《カナリア》風情が何いってんだ？」

「お、おい、ハゲ待てよ、あの奴隷、竜を殺した奴《やつ》なんだろ？　あんま刺激したらやべえんじゃねえか」

「馬鹿が!!　見てみろよ!!　あのみすぼらしい服装に汚ねえボサボサの髪！　腕には腕輪みてえに手錠がついたままじゃねえか！　やれるだろ！　ここで！　あと俺はハゲじゃねえ！　スキンヘッドだ！」

「た、確かにハゲの言う通り、なんか、全然弱そうだ。お、俺ら、これチャンスなんじゃ……一生下水道攫《さら》いの底辺冒険者卒業出来るんじゃね？」

「まて、まてまて、おまえらだけでやんなよ、オラも、オラもかませろ。ほら、武器、武器抜いたぞ、オラもこれでこの奴隷捕まえた時は協力したことになるどな!?」

冒険者たちの目つきが変わっていく、驚愕《きょうがく》の空気から引き絞るような嫌な空気に変わっていく。

「リバー、俺らどーする？」

「スモール、すぐギルドから離れよう。俺のスキルが反応した、ここはヤバいわ。知り合い見つけて声かけて出るぞ」

「おっけ、ついてく。でもよ。あの武器抜いてる3級とか4級、一部は2級もか。あんだけいてもダメなん？」

「ダメや、話にならんわ。巻き添え喰《く》らう前に出るぞ」

遠山が耳をすます。この酒場らしき場所で屯《たむろ》していたマトモそうな、ある程度戦えそうな奴が早々とこの場を離れていく。近くの席でこちらを注意深くみつめていた大男と細身の男、腕利きだろう2人が音もなく席を立ち、離れていく。

よかった、厄介そうなやつらはどっかに消えてくれた。

それに比べて——

「……おまえらは簡単そうだな。飯、きちんと食ってんのか」

「あ？」

「なんだ、コイツ！」

「お、おい、早く誰か捕まえるんだど！　に、逃げられたらも、もったいないんだ」

やせっぽっち。ハゲ、デブ、腹が出てるやつ。

身体《からだ》つきを見たらわかる。おそらくロクなモノ食べてない。脂だけとか炭水化物だけとか、あとは酒だけ。

およそ戦う人間の身体つきではなかった。武器もあまり手入れされていない。剣先が欠けていたり、持ち手の結びがほつれている。だいたいこういうのは見た目でわかる。

殺せる。簡単に。

5人。他のそれなりに出来そうな奴が参戦してくる前なら始末出来る。

それにコイツらからは殺意を感じない。威勢よく脅しているだけだ、殺すことに慣れていない。

「さて、どうしてくれよう――」

遠山が頭の中、戦闘思考をまとめたその時だった。

「殺して!!」

叫び、耳障りな金切り声。

「殺してよ！　この奴隷、殺して！」

ネコ耳がヒステリックに叫び始めた。初めて見た時のオドオドしていた様子はもうどこにもない。

「お、おい、エル、落ち着けよ、コイツは生け捕りにしねえと意味がねえだろ?」

「しらない！　そんなの知らないよ！　コイツのせいでお姉ちゃんは化け物に食い殺されたんだ！　コイツが逃げなければ！　コイツが他の奴隷を煽《あお》らなければ！　ぜんぶうまくいってたのに！　なんで、お前みたいな奴隷が生きてて、お姉ちゃんが死んだのよ！」

「いやそりゃおまえらが俺を奴隷なんかにするからだろ。ふうん、そうか、たくさん死んだのか。ま、あんな化け物が多いところでてめえら程度の練度で騒げばもう収拾つかねえよな」

なんでこいつが被害者面してるんだ?

いらつき始めた遠山がヒステリックなネコ耳に言葉を返す。悪気はあまりなかった。一瞬、ネコ耳女がポカンと口を開けて。

「あ、ああああ!?　殺す、殺す殺す殺す殺す殺す!!　みんな！　何ぼうっとしてるの!?　早く殺してよ！」

「あ、いや、殺すのはなあ？」

「そ、そうだ、ギルドから出てる指示も捕まえろ、だしよ」

「そ、そうだど、エルちゃん、捕まえないとお金貰《もら》えないんだど」

あまりのヒス女の変わりように他の冒険者たちが引き始めていた。やはりどいつもこいつも素人だ。何かを殺すという覚悟がない。

あれ、これもしかしたらやり合わなくても済むかも。遠山が少し甘いことを考えて――

「いいから！　殺して！　そいつ殺した奴にはなんでもしてあげるから！　カラダでもなんでも欲しいものあげるから！　ヤらせてあげるから、殺してよおおおお!!」

猫耳の細くて高い金切り声。そのあとは静寂。

「……エル、それほんとかよ」

「お、おい、聞いたか？　あの姉妹の生き残りが、なんでもって」

「や、や、ヤれるのか？　マジで？」

「え、えるたんと、おでが、ぶ、ぶひひひひひ」

もわり。

キモい殺意が一気に膨れた。

欲望。遠山が重視するそれを刺激された冒険者たちが一気にその目に情欲の火を灯《とも》す。

「お、おい、ほんとにいいのかよ、エル」

「いい！　なんでもするから！　いつも、口説いてきてたでしょ！　もう、どうでもいいの！　アイツさえ死ねば！」

ヒステリックになっていてもそのネコ耳は確かに異性を刺激する外見をしていた。

ツヤツヤの肌、華奢《きゃしゃ》な脚はタイツのような装備に包まれ、太ももが少しだけチラリと覗くそのデザインは確かに男ウケがいいだろう。薄い装備からはカラダのメリハリもはっきりわかる。

「なんで。なんで、お姉ちゃんやみんなが死んで、お前なんかが！　お前なんかが！」

冒険者たちが、下品な目で喚《わめ》き続けるネコ耳女のカラダを舐《な》め回すように見つめ、そのあと遠山を見た。

あれを殺せば――　とでもいいたげなわかりやすい目つきで。

「……わかりやすい奴らだな、おまえら」

遠山はしかし、あからさまに落胆する。

その欲望はダメだ。他人にその場限りの勢いで煽られ芽生えるそれはただの欲求に過ぎない。

「おまえらはほんとダメだな。女に欲求抱くのは仕方ねえけど、てめえらのそれは美しくねえ。ただ、本能を煽られてるだけ、動物と変わんねえ」

熱狂していく冒険者とは裏腹に遠山《トオヤマ》の脳みそはすーっと冷たくなっていく。

「……数が多いな」

ネコ耳女のご褒美発言を受けて遠山を囲む連中は倍くらいに膨れていた。女の冒険者の何人かは付き合っていられないとばかりにその場を立ち去り、他のマトモそうな連中は既に姿を消している。

窓口みたいなところにたくさんいた制服の人たちも姿が、見えない。

「使っちまうか」

流石《さすが》にこの人数を武装なしで皆殺しはキツい。遠山はもう二度と出し惜しみはしない。

一呼吸、遺物、静かに霧散。キリを広げ始める。確実に、殺すために。

「おい、一斉にかかるぞ、竜がどうのこうのとか関係ねえ、この人数だ、殺せるぞ」

「お、おい、エル、殺すって、最初に殺した奴だけしかご褒美ねえのか？　なあ？」

「いいよ、みんな相手してあげる、ソイツの死体をぐちゃぐちゃにしてくれたらみんなになんでもしてあげる！　だから！　早く！」

「よおおおし！　聞いたか！　おまえら！　やっちまおうぜえええ!!」

ウオオオオオオオオ!!

浅い欲求に煽られた馬鹿たちが騒ぎ始める。

ここだ。

遠山が、一気にキリヤイバを前方に展開する。自分に影響なく、敵だけを殺せるように。

「死んじゃえ、奴隷――」

ネコ耳女が、勝利を確信した顔で男たちに囲まれながら笑った。

馬鹿が、死ぬのはお前だ。遠山が真っ先にそのネコ耳女が死ぬようにキリの濃度を調整し、ヤイバを引き抜こうと首元に手を――

「おや、おやおやおやおやおやおやおやおやおやおや」

声、それが響く。そんな大きな声ではなかった。なのに遠山は大鐘に身を揺らされたような錯覚を受ける。

「オレの言。帝国中に響き、物乞いですら我が令通りにしていると聞くが、どうやらここにいるのはヒトではないらしいな」

　空気がおじけた。

「あ」

「へ？」

「ば、あ、え？」

　あぶくをふく、白目をむく。

　ばたり、ばたり。

　木の床を人体がたたく。

　人が、自然と1人、また1人、膝を折り、首を垂れていく。

　ネコ耳女に向けて欲を、遠山へ向けて殺意を飛ばしていた冒険者、3級、4級中心の下位の冒険者達が1人1人、地面に這《は》いつくばり始める。

　意識の残っている者は誰しもが震えて、誰しもが地面に頭を、血が出るほどに擦《こす》りつけていた。

「はて、メス猫の声が聞こえた気がしたが。なにぞ、愉快なことを鳴いていたような」

　女だった。

　腰まで伸びたその豪華な金髪。片側の前髪が下ろされ丁寧に手入れされ、外にカールした長髪、歩くたびに陽炎《かげろう》に灯されているかのごとく豊穣《ほうじょう》の稲穂のように波打つ。その金髪、まるで太陽の光を編み込んだような。

そして、その金の髪の隙間から覗《のぞ》く、斜め下に向けて左右に備える角——

「オレは確かに奴隷を探せ、と言った。探せ、だ。殺せ、ではない。さ、が、せ、とな」

「あ。あ、あ……」

背は高く、脚は長い。プロポーションを隠す気のないヘソだしの窮屈そうな胸当てだけがついた革の鎧《よろい》。脚と腰には金色の意匠が施されたスカートのような鎧が備わる。

アホみたいに細いくびれた腰に手を当て、女が立ち止まる。

震えて動けないネコ耳女の近くで立ち止まった。

「さて、匂うな。発情したメス猫の匂いだ。ほれ、囀《さえず》ってみよ。先程の、殺せ、という鳴き声の主を探しておるのだ。さあ、囀れ、メス猫」

蒼《あお》い目、ネコ耳女を見下ろす。

ネコ耳女は顔を真っ青にして、それでもその目と己の目を合わせて。

「にゃん……」

ぶくぶくぶく、カニのように泡を吹いて倒れた。気絶しているようだ。

「ふん、つまらん、が、命は長らえたか。一言でも喋《しゃべ》ればその首を、焼き落としてくれたのにのう」

この場に二本の足で立っているのは、もう遠山とその金髪の女だけだ。

「……っ!?」

重い空気。金髪女が遠山を見つめる。濃く、蒼い。深海、あるいは空と宇宙のはざまの最も濃い蒼を映した瞳。それに見つめられただけで、身体《からだ》の芯が痺《しび》れて重くなる。

その感覚は、ダンジョンで、そしてあの塔とやらで感じた感覚。自らよりも上の段階にいる生物と相対した時、一番最近で、言えば、あの金ぴか鎧の――

「まったく、探したぞ。ああ、探した。探したのだぞ。このオレがまるで幼子のように貴様を求めて探したのだ」

「……あ？」

フッ、と。その女が微笑《ほほえ》んだ。背筋が震えるほどの美しい顔。

太陽が人に好意を持てば、そんな笑い方をするのではないか。そんな笑顔だ。

「疼《うず》いたのだぞ。眠るたびに疼くのだ。貴様に刻まれた傷が、貴様に植え付けられた恐怖が、貴様に貫かれた心臓が。かかかか、ああ、ほんとうに、ほんとうに、心地よく、寂しい夜が続いていたのだ」

「……警告だ。それ以上俺に近づくな。わからねえと思うが、お前は既に俺の射程範囲に――」

「射程距離に入っている、か？　ああ、ふかか、それか。それはもう覚えたぞ。ふむ。ああ、貴様の言うとおり、次に活かした。ぞ」

「は？」

遠山が聞き返した瞬間、女の青い目が光る。

しゅぼ。空気が、焼けた。

辺り、ぱっと、金色の焔《ほのお》が走り、そして気づけば――

「うそ、だろ。今日二度目なんですが」

キリヤイバが、空気中に広げていたキリヤイバが瞬時に焼き尽くされた。

もう手応えがない。キリヤイバは発動しない。あのエルフの時と同じ、キリヤイバが無効化された。

「ふかか、貴様とはたくさん話がしたいのだ。語りたいことがたくさんあるのだ。さあ、帰ろうか」

金髪の、どえらい美人が笑う。

「待て、待て待て待て、意味がわからん、な、なんだこの状況!? お前、どうやって、キリヤイバを、いや、なんで、キリヤイバの仕組みを知ってる!?」

「ほう、キリヤイバ、というのか。決まっておるだろう？ オレはそれに殺されたのだから。ああ、得難い経験だったぞ。褒めて遣わす。そなたはまことに、見事な狩人《かりゅうど》であった」

満面の笑みで、女がまた近づいてくる。

遠山が焦り始める。一目見てわかった。身体つき、歩き方。

コイツ、ヤバすぎる。

白兵戦では勝ち目が万に一つもない。切り札のキリヤイバは何故《なぜ》かタネが割れており、わけわからん方法で無効化された。

「おまえ、マジで誰……ん？」

焦りながらも、回転し続ける戦闘思考がある可能性にたどりつく。それはありえない予想、だがそれ以外説明がつかない。

「どうした？　そう怯《おび》えるな、くるしゅうない、ちこうよれ。かか、まあ、貴様が来ずともオレがゆくがな」

「その話し方、歩き方、上背……威圧感、キリヤイバ、〝次に活《い》かした〟？　いや、ありえねえ、だって、あんだけ、念入りに、お前は、あ、ありえねえ、とどめをあれだけ」

キリヤイバでずたずたに、身体の中から斬り裂いた。とどめに燃えるナイフで心臓まで

――


「ああ、あのダメ押しは効いたよ。ふ、かかか、母上に話したらおおいに貴様を気に入っていた。父上は何故か貴様に同情していたがな。かか、思い出しただけでも、愉快だよ、本当に」

ぱさり。

女が、胸当てを外し、シャツの胸元に長い指をひっかけ手をずるりと下げる。いたずらが成功したようにウインクして。

豊満な胸元に目が行くよりも先に遠山の視界に移ったのは。

——傷。やけどのような抉《えぐ》れた傷が胸もとに刻まれて。

「あ……うそ、マジ、マジ、かあ……」

全て理解した。

ナイフの感覚が手のひらに浮かぶ。

ふふんと、なぜか女は得意げに恥じることなくシャツの胸元をさげ続けて。

「……お前、まさか」

遠山の言葉に、女がまた嬉《うれ》しそうに口元に手を当て笑った。

「ああ、本当に会いたかったよ。オレを殺した狩人、オレを超えたヒト。我が愛《いと》おしい番《つがい》よ、オレの〝竜殺し〟よ」

「ツガイ……？　竜？」

「む、ヒューム《人類種》——ヒトには相応《ふさわ》しくない言葉か？　ふむ、ならば、うむ」

女が立ち止まり、ほおに手を当て首を捻《ひね》った。

それから何か閃《ひらめ》いたとばかりに頷《うなず》き。

少し頬を赤らめて。

「旦那殿、迎えに来たぞ」

少し、もじもじして、それから太陽が笑った。

「だん。な？」

遠山《トオヤマ》が言葉を復唱する。脳が理解することを拒んでいるようにしっくりこない。

「ああ、旦那殿、だ。いつまで経《た》っても奴隷ではカッコがつくまいて。かか、いやなんだ、今日はいい日だな。あの銭ゲバの予言も馬鹿にはならん。じいや、じいやはあるか」

女が愉快げに喉を鳴らす。ぱちぱちと手を叩《たた》き。

「ここに、お嬢様」

遠山が、また目を剝《む》いた。

人だ。黒い燕尾服《えんびふく》を着た白髪のお爺さん。やけに背筋はピンと張り、髪もぱっしり固めた肩幅の広いナイスシルバー。きらめくモノクルの下、鷹《たか》のような目つきが備わる。

いや、違う、そんなことはどうでもいい。

どこから、どうやって現れた？　完全に認識外の状態から音もなく現れたその老人の存在に遠山の背筋が震える。

「今期の竜大使館からの教会への寄付金、あれを2倍、いや3倍にでも上げておけ。つまらん予言ならば干上がらせてやろうと思っていたが、かか、あの銭ゲバめ、実力だけは本物ではないか」

「かしこまりました。すぐに手配致します。……して、この御仁が……」

すうっと、細められた目つき。身体の芯に電撃の痺れが走り全身が硬直する。

この爺さんもやばい。遠山の本能が全力で警報を鳴らしまくっていた。

「おお、そうだ。オレを殺した奴隷。いやなに、見事であったぞ。じいやにも、見せたかったものだ。ふかかか！　己の血の海に沈み、身体を内側から切り裂かれる体験なぞ、そうそうできたものでもないな！」

何故かウキウキした様子で金髪ド美人がはしゃぎ始める。金色の髪全体が横に跳ねてぴこぴこと動いていた。

どういう仕組み？　遠山はツッコミを口には出さず。

「ほう、そうですか。お嬢様のお身体を……それは、それは」

「っひ」

燕尾服の爺さんに見つめられる、それだけで喉が詰まって悲鳴が漏れた。逃げろ、身体が叫びまくっている。

「ほう、今のがわかるのか。見たか、じいや、オレの〝竜殺し〟は鋭いだろう？　お前のわかりにくい殺気にも気づいてみせたぞ」

金髪の女が目を輝かせて、自分よりも頭2つほど背の小さい爺さんの服を引っ張る。祖父にじゃれつく孫に見えないこともない。外見は孫感ゼロだが。

「ほほ、確かに、ただの奴隷ではないようで……して、お嬢様、彼のお名前は？」

「……む、じいやも意地が悪いな。……そ、そのあれだ。雌の方から雄の方へと名前を聞くなどと……す、少し、はしたないだろう？」

モジモジしながら体を丸める金髪女。蛍雪のごときほのかに光すら感じる白い肌が僅かに赤くなっていた。

照れるポイントがわからん、もちろん遠山はこれも言葉には出さない。

「ほほほ、お嬢様のそのようなお顔は初めて見ますな。じいやはとてもうれしゅうございまする……」

「な、なんだ、あんたら……」

２人。化け物だ。イメージが湧かない。どうやってもこの場を切り抜ける方法が見当たらない。キリヤイバすら対策され完封されている。白兵戦？　馬鹿が、一瞬で崩されて殺される。

特にやばいのは、あの爺さん。底が知れない。

遠山の視線を感じとったのだろう、人当たりの良い好々爺《こうこうや》然としていた老紳士の目がすうっと細まる、猛禽《もうきん》の瞳。

「ほ。若者殿、貴方様《あなた》なかなかに業が深いようで。血に親しみ、戦うことに非常に慣れておられる。死を何度も見たヒトとお見受けいたしました。なるほど、お嬢様を一度殺せるのも納得がいきますな」

「じ、爺さん、あんたナニモンだ。ば、化け物よりも、化け物だ。意味がわかんねえ」

声が震えないようにはっきりと言葉を紡ぐ。

「かかか、流石《さすが》は旦那殿！　じいやの凄《すご》さも理解出来るか！　なあなあなあ、じいや、言うたろう？　とてもおもしろきヒューム《人類種》だと！」

「ええ、そのようですな。ではここでお会い出来たのも何かのご縁。若者殿、1つご足労いただけますかな？」

「……ずりいな。こっちに選択肢があるとは思えねえんだけど」

遠山が無意識に視界を探る。建物の構造、出入り口らしき扉。

脱出のルートは1つ、前方。しかし、爺さんと鎧《よろい》ヤローも前方。

つまり、この2人を抜かなければこの場から逃げられない。

「ほほほ、試してみられたらよろしい。あなたさまはそうおっしゃいながらも、ほら、目線ではこのギルド酒場の出入り口を探しておられる。焦りとは別に頭の回転は落ちておいでではない。ほほほほ、良い。訓練され、修羅場になじんでおられる」

「む、出入り口。なんでだ、旦那殿？　外には迎えの馬車を用意しておる。送り届ける故遠慮などいらんぞ」

キョトンと金髪女が首を傾《かし》げる。ぴこりと豊かな金髪も一緒に傾く。そこから覗《のぞ》く斜め下に伸びた角もぴょこんと。

「いやあ、なんだ、あれだよ。確かにぶっ殺したはずの相手がピンピンしてたり、いけすかねえ金ぴか鎧の中身が超美人の女だったり、そいつが旦那がどうこう言ってるもんでな。頭おかしくなってきてよ、少し1人になりてえんだ」

遠山が汗を流しながらじりりりと、足に力を込める。このボロいグズグスの靴でどれだけ走れるか。

ほんと足回りは大事だわ。この場を切り抜けたらまずは靴だな、靴、と呑気《のんき》なことを考えて少し現実逃避する。

「む、なるほど、そういうことなら少し外の空気でも吸ってくればよい」

「……お嬢様、今のはヒューム《人類種》なりの皮肉でございますれば。かのお方は我々から逃げようとしてらっしゃるのです」

「んな！　なぜだ!?　オレ、今日はかなり念入りに湯浴《ゆあ》みもしたし、香油もお母様から贈られたモベームベンべ百葉の蜜を使った一級品で髪を整わせたのだぞ！　お、おしゃれしてきているのだ！　な、なんで旦那殿はにげるのだ!?」

あれ、コイツバカなのか？　遠山は少し涙目になりながら叫んでいる金髪女を眺める。

「……おっと、なんだコイツ可愛《かわい》いぞ。じゃなくて、あんたらと俺に温度差がありすぎてな。うまい話には乗らないようにしてんだ。だいたい、どうして殺したはずのお前がピンピンしてんだ。それが理解出来ん」

少し本音が口から漏れながらも時間稼ぎ。

どういう理屈かは知らないが、間違いなくこの金髪女とあの鎧ヤローは同一人物で、それを遠山は一度殺した。

殺した者と殺された者。そこにあるのは恨みや憎しみなどの感情しかないはず。

なのに、金髪女からはそれを感じない、むしろ――

「ほ？　あなた様、もしや帝国の出ではないのですかな？　竜とはそういう生き物なのです。7つの命を持ちてこの世に発生した上位種。それを打ち倒した相手と番になり、また強い種を生み出す役割を持った選ばれし命……帝国や王国、ヒトの生息圏であればどこでも一般教養となっているはずですが」

爺さんの雰囲気が僅かに緩む。

「おっと、一気に異世界設定出てきたな。こりゃ早めにこの世界の図書館行かねえと……」

急に出てきた世界観説明に、オタク心を刺激されつつも遠山が気を引き締めなおす。

「ほほ、良い心がけですな。……うん？　おや、あなたさま……ほう、珍しい、心の中に風景をお持ちの人でしたか。なんの風景までかはわかりかねるが……秘蹟《システム》でも、スキルでもない。なるほど、良くないモノが棲《す》んでるようですな」

「む？　じいや、どうかしたか？」

「いえいえ、お嬢様、かの御仁はどうやら混乱しておいでのようです。多少手荒にはなりまするが、実力を以《も》ってお屋敷にお連れになる方がいいかもしれませぬ」

雰囲気がなんか急に変わった。

足の裏が痺《しび》れる、逃げろ、逃げろ、逃げろ。

3年間の探索者生活という死と隣り合わせの生活で培った危険を感じる感覚が遠山に警鐘を鳴らす。


【メインクエスト発生】


ここで、またあのメッセージが世界に浮き出た。

⬇は3本、ギルドの出入り口の扉と、爺さんと金髪女、それぞれを指している。


【クエスト名　人生の行く末】

【クエスト目標、ギルドから脱出する】

【オプション目標蒐《しゅうしゅう》集竜《りゅう》の討伐、執事の殺害（非推奨、超高難易度）】

簡単に目標とか言いやがって。遠山はそのメッセージに舌打ちして吐き捨てる。言われなくてもこの2人をどうかしようなんて思わない。無理だ、今の戦力ではどう考えても勝てない。

「むむ、あまり傷付けるなよ、旦那殿はもう、オレの蒐集品《しゅうしゅうひん》なのだから」

「おっと、ナチュラルに上から目線アンド畜生発言。てめえやっぱ外見が変わっただけで中身はあのクソムカつく鎧ヤローそのままだな」

軽口を叩き、隙を探す。鎧ヤローはかなりプライドが高かった筈《はず》だ。怒らせれば少しくらい付け入る隙が――

「ふかか、ああ、いいなその目。ゾクゾクするよ。凡百のヒューム《人類種》がそのような口を叩けば滅したくなるものだが、貴様に言われると何故《なぜ》か、心の臓が跳ね回るのだ。それに、貴様は心と言葉が同じなのだな。ああ、痛い、気持ちいい」

「やべえ、コイツ無敵か」

ダメだ。なぜか金髪女は怒るどころか嬉《うれ》しそうに微笑《ほほえ》む。

頬を押さえて顔を背けている。顔を背けているのに隙が全く見えないのはどういうバグだろうか。

「ほほ、竜に愛されるとはそういうことです、お嬢さまたち竜は、定命の者の心を覗くことができますゆえに。さて、若者殿。それでは言葉によるお願いはこれで最後です。御同行、願えますかな？」

爺《じい》さん、燕尾服《えんびふく》の老人の声に、空気の変化をはっきりと感じた。

知っている、この感覚。怪物種がこちらに攻撃してくる瞬間の空白のような――

「悪いな、知らねえ人にはついて行くなって、学級会議で言われたことあんだよ」

遠山《トオヤマ》はもう、笑うしかなかった。

空気が張り詰め、そして――

老人の姿が消えた。本当に消えたのだ。

「ほっ？　ほほ、さすが」

「うわば!?　くそじ、じい!?」

たまたまだ。

老人が消えた瞬間に、たまたま鳩尾《みぞおち》の辺りに腕を構えていた。

気付けば鳩尾目掛けて放り込まれていた馬鹿みたいに硬い老人の拳を遠山のクロスさせた腕のガードが受け止める。

みしり。鳴ってはいけない音がした。

「これは驚いた。1発目を受け止められるとは。ほほ、動体視力、いや、ヤマカンですな。死にかけたことのある生き物特有の反応です。嫌いではありませんよ」

「てめ、何食ったらそんなスピード……あり？」

かくん。顎の辺りに違和感。何も見えなかった。

だが、わかった。顎をかすめるように殴られた。膝が消えたような感覚、ああ、この感じ、あの時と同じ。気づいた時には遠山は床に倒れ込んでいて。

「良かったです、2発目はきちんと当たったようで。ほほ、これでも塔級冒険者の末席を汚すものでございますれば」

いやしかし、頑丈な身体《からだ》ですな。良きものを食べ、正しく鍛えておいでのようだ。頭上から降ってくる呑気な爺さんの声が遠くなる。

「くそ、じ、じい……顎、いいの、うちやがる」

自分の軽口さえ遠くなり、そのまま遠山の意識は沈んだ。

【メインクエスト　〝人生の行く末〟　失敗】

【〝王国〟ルート消滅】

◇◇◇◇

「あ、わわわわ、しゅ、蒐集竜様に、執事殿、これは、その一体……」

遠山が床に沈んだ直後だ。

ギルド窓口の奥から、そろりと現れたのは仕立てのよいウエストコートを羽織った小太りの男と、その後ろを歩むスタイルのいいクールビューティー。この街の領主、辺境伯と冒険者ギルド責任者、ギルドマスターだ。

「おお、領主か。相変わらずふくよかな腹よの。何、探しモノが見つかってな、これから竜大使館に連れて帰る。おお、そうだ、5時間後、竜大使館から発表があるでな。竜議場にて此度《こたび》の件の説明と収束を説明してやろう。あの銭ゲバ女主教やらこの街のまとめ役を連れて、竜大使館に足を運ぶことを許すぞ」

領主は心の中、ギョッと驚く。

え、ええええ、めっちゃ機嫌良!!　満面の笑顔なんですがこの金ぴかドラゴン。

その感想を口に出せば貴族といえども残念ながら消し炭になってもおかしくない。悲しい力関係ゆえに辺境伯、サパンは満面の愛想笑いをかましながら驚きを隠す。

「は、ははあ、承知いたしました」

「かしこまりました、蒐集竜さま、……この気絶している冒険者達《たち》は……尊き貴女《あなた》様に見苦しいものを。ギルドとしてこの者達は厳正に処分いたします」

げかける。

ギルドマスターは相変わらずの鉄面皮。ドラゴン相手に怖気《おじけ》もせず淡々と竜に質問を投げかける。

かっこ良!! サパンがギルドマスターの態度に恥ずかしげもなく見惚《みと》れていると。

「んむ? ああ、良い良い。今日は気分が良いでな。理性なき獣をいたずらに殺すほどイラついておらん。しかし、ギルドマスター、マリーよ。やはり冒険者連中の質の差はひどいのう。オレに迫るレベルの塔級冒険者から、このような下等生物どもまで幅が広い、底上げの施策など考えた方がよいのではないか?」

「……はは、ありがたきお言葉です。我らが護《まも》り竜、我らが竜の巫女《みこ》。本日中になんらかの方策を用意し、竜大使館に報告いたします」

やはり、竜はめちゃくちゃに機嫌が良かった。

この1ヶ月で挑んできた教会騎士を50人以上消し炭にしたり、生首にしたりしてきた化け物と同一の存在とは思えない。

普通なら今この瞬間にも地べたに這《は》いつくばって動かない冒険者の連中はその命を竜に奪われていてもなんらおかしくない。

そういう存在なのだ。この生き物は。なのに——

「かか、知らなんだ、いや今まで貴様らヒューム《人類種》を誤解していた。存外面白いではないか。ここでオレの威にあぶくを吹いて倒れるやつから、そなたのように真《ま》っ直《す》ぐ向かい合うモノ、領主のように腹にイチモツ抱えつつオレと接するモノ、そして我が旦那殿のようにオレに本物の殺意を向けるモノ。良い、実にいい」
　金髪の女、蒐集竜が笑う。

「愉快、ふかかか、少し視点を変えるだけで驚いたぞ、存外、退屈したものではないのかもな。定命のモノ、変化の申し子たちよ。くるしゅうない、それでは5時間後にまた、会おうぞ」

　その笑顔は優しく、慈愛に満ちたものだった。太陽が草花に陽光を届けるのと同じように竜が微笑む、辺境伯、ギルドマスター、草花たちが太陽に見とれて。

「お嬢様、参りましょう。彼はこの爺《じい》めがお運びいたします」

　気絶している奴隷の男、竜を一度殺した男を執事がさらっと持ち上げる。

「む、できればオレが……」

「お嬢様、お顔が真っ赤ですが、彼に触れられますか？」

「……むむ、雌として意識のない雄に触るのははしたないか。お母様のような貞淑なレディとなるにはやはりふぁーすとたっちはやはり旦那殿から……ふむ、またお母様にお父様との馴《な》れ初《そ》めを聞いてみるほかあるまい」

　むむむむ、と蒐集竜がうなっているのを尻目に執事はすでにひょいひょいと男を抱えてギルドの出入り口に向かっていた。

「お嬢様、行きますぞー」

「あ、待てじいや！　もそっと丁寧に、優しゅう運ばぬか！　あ、姫抱きはだめぞ！　それはいずれオレがやるのだからな！」

ぴょーんと、蒐集竜が金髪を揺らしながら滑るようにギルドを駆け、執事に追いつく。まるで。

まるで孫と祖父がお店へ買い物に来て、帰るかのような気軽さで。

冒険者ギルドに訪れた嵐たちは去っていった。

残されたのは失禁している低級の冒険者たちと、半ば途方に暮れるこの街の冒険者機能を統括する苦労人2人。

「マリーくん、マリー君。なあに、あれ？」

「竜……ですね、ツガイを見つけた上位生物です」

「そっすか。……このあと竜大使館行きたくないんだけど、古代ニホン語の塾あるからって言ったら許してもらえるかな」

「今日は休んでください、領主さま」

2人は同時に、これから訪れる胃痛の予感に大きなため息をついた。

幕間

トオヤマ・ドッグ・グッドバイ

～2014年、ニホン、ヒロシマ県ヒロシマ市某所、ある河川敷にて～

――なんだよ、これ。

今日から始まるはずだった。

ようやく見つけた友。自分と同じ捨てられて、一人ぼっちの小さなけむくじゃらの友と共に、ぼうけんのたびが始まる筈《はず》だった。

――タロウ!!　タロウ!?　どこ!?

あの街を流れる大きな川、その高架下。

小さな友が住んでいた段ボールの粗末な住処《すみか》はぐちゃぐちゃに破壊され、壁には趣味の悪いラクガキがぶちまけられて。

――あ？　なんだ、このガキ。あっくんの知り合い？

自分の頭より遥《はる》か上から聞こえてる嫌な声。

――いや知らねえな。おい、お前、小学生か？　ここ俺らのシマなんだけど、それ知ってここにいんのか？　お？

振り返るとニヤニヤした笑いを浮かべた汚い茶髪と金髪の制服の男たち。中学生くらいの奴《やつ》が4人。示し合わせたように全員バカヅラ。

似合っていない茶髪が、すごく鼻についた。

——どこ？　タロウは？　ここにいた、タロウは？

彼はつぶやく。昨日までいたのだ。たった一人の友が。ふかふかして暖かいもふもふの友が、いたのに。

——タロウ？　誰だそりゃ？　あ、もしかして、ここにいた汚ねえ野良犬のことか？

——ああ、アレか！　あれは面白かったよな！　キャンキャン吠《ほ》えて、震えながら吠え続けてたよ！

——腹蹴ったら逃げるかと思ったら逃げなかったよな！　キャインキャイン言いながら、それでも噛《か》み付いてきたからよー。

——へへへ、やめろよ、あっくん、ドーブツアイゴホーで捕まっちまう。

——バーカ、イヌは法律上、器物扱いなんだよ、殺したってよほどじゃねえ限り捕まんねー。パパがそう言ってたからな。

ぎゃはははは。

耳障りな笑いがうるさい。

彼は小さな身体《からだ》、小さな拳を握りしめて笑い続けるソイツらにもう一度聞いた。

──タロウは、どこ？

その問いかけに。

バカどもの笑いが止まり、ニンマリ浮かんだ汚い笑顔。

そいつらが指を指して示した先は、河原の向こう側。

ヒロシマを貫いて流れる大河。高架の下に流れる水がたゆたう所。

彼の目が見開かれる。毛穴が全身開いて、それから。

──うるせえから、捕まえて、川に流した。キャンキャン言いながら流れて沈んでいくのは、超ウケた。

「────あ？」

その日、彼は初めて本気で人を殺したいと願った。

そしてその願いはある存在に届いてしまった──

◇犬◇ワン◇わん◇

初めての友だった。上からつめたいのが降る暗いときにボクと彼は出会った。

ボクの初めての友だちだった。

彼にはボクと違って、牙も爪もなかった。でも代わりにとても暖かった。彼の胸から響く鼓動は心地よかった。

彼にはボクと同じ毛皮がない。だからだろうか、よくボクを抱えて抱きしめてくれた。お腹《なか》が空《す》いていても、彼が抱きしめてくれると不思議と辛《つら》くなかった。でもあまり抱きしめられるのは好きじゃないから、もがいて逃げたりしたっけ。

彼は会うたびいつも、悲しい香りを放っていた。それはきっとボクと同じ香りだったのだろう。だから彼といるのはとても心地よかった。

彼はボクのことを妙な鳴き声で、呼ぶ。

タロウ、タロウ。なんの意味があるのかわからないけど、その鳴き声にボクが返事をするととても嬉《うれ》しそうにするから、ボクも嬉しかった。

彼とボクは友だちだった。

生きる世界が違っても、彼とボクは確かに対等な友だちだった。

一緒にぼうけんに出よう。

彼はある日そう言った。彼がより一層深い悲しみの香りを纏《まと》っていた日のことだ。よくわからなかったけど、彼がとてもたのしそうだったからボクもたのしかったのを覚えてる。

——あした、またここに来るから、タロウもいてね！　施設からたくさん食べ物と飲み物とってくるから！　それをしょくりょーにしてぼうけんのたびにでるんだ！

——だいじょうぶ、僕知ってるんだ、アイツらしちゃいけないことしてる。僕らのために使われるはずのお金を誤魔化したり、施設の女の子たちをいじめたりしてるんだ。もう嫌だ、あんなとこいたくないよ。

彼の悲しみの香りが深くなった。ボクはそういう時彼の鼻を舐《な》めてあげていた。そうすると彼はすぐに笑顔になるから。

——お前は優しいね、タロウ、じゃあさ、約束だよ、この場所でまた会おう。それでここじゃないどこかに行くんだ。

——ぼくと、お前で、ここじゃないどこかをぼうけんしよう！　深い森を抜けて広い草原をかけて、夜はお肉を焼いてキャンプするんだ。だいじょうぶ、僕とお前がいたら無敵さ！　どんなやつにだって負けやしない。

その意味はほとんどわからなかったけど、〝ぼうけん〟という鳴き声を出す彼はとても嬉しそうでたのしそうだった。

だから、ボクもとても嬉しくて、たのしかった。ボクはきっとキミとこうしてあそぶために生まれてきたんだ、そう思えた。

あした。

知ってる。明るいあとに暗いのがきて、それからまた明るくなる。それがあした。

彼をみおくって、ボクはそれから明るいうちから眠りにつこうとした。くらくなってあかるくなった時に眠かったらいやだからね。

ねどこでまるまり、目を瞑《つぶ》って、それから。

——お、ここ、涼しいじゃーん。あっくん、ここにしようぜ。

——へー、悪くねえ、ん？　てか、なんか臭くね？

ソイツらがやってきた。

いたい、なんでいしをなげるの。

——おら！　クソイヌ！　さっさとどっかいけ！

おなかがいたい。なんでけるの？

——こいつ、震えてね？　ウケるんですけど！

こわくて、たまらない。彼と同じ生き物なのに、彼とぜんぜん違う。

くさくて、あつくて、いたくて、こわい。

ボクが吠えると、ソイツらは笑う。笑いながらボクのおなかを蹴ってくる。ボクにいしや、熱くて煙たいものを投げつけてくる。

いたい、あつい。

——ここは俺らの場所なんだよ！　汚ねえからさっさとどっかいけ！　おら！

いたくて、あつくて、こわい。

でも、ダメだ。逃げるわけにはいかない。

だって、ここはボクと彼の――

タロウとナルヒトの場所なんだ、ナルヒトがさみしがる、ボクがいないとナルヒトは1人になる。

嫌だ、イヤダ、あついのより、いたいのより、こわいのよりも、ナルヒトが悲しむほうが嫌だ。


オオオオオオオオオオオオン。


ボクの身体から、ボクも知らない鳴き声が響く。それはきっと、むかしのむかしのずっうううと暗くて明るいのを飛び越えたむかしからあったもの。

ボクの中にある何かが吠えた。

ここはボクたちの縄張りだ。ナルヒトとボクの場所だ。

オマエラが気安く踏み入れるな。

――いてっ！　コイツ、噛みやがった!?

――あー、もういい、白けた。殺すか。

「キャン!?」声がもれでた。口の中、へんな味がする。

おなかをまた蹴られた。

その瞬間、首の皮を摑《つか》まれて、ふわり。

身体が浮いたと思うと、次は冷たくて、足が地面から消えた。

そのあとすぐに、くるしくなって、いきができなくて、こわかった。

――ぎゃははは！　めっちゃ流れとる!!

――いぬかきしろー、いぬかき。

――あ、沈んだ。

ごめんね、ごめんね、ナルヒト。

守れなかったよ、ボク達《たち》の場所を。

ごめんね、キミはあした。くらくなって、あかるくなったあとあの場所にくるよね。

そこにボクがいないとキミはきっと悲しむんだろう。

苦しくて冷たいのよりも、そっちのほうが、ナルヒトがまた悲しむほうが怖かった。

ああでも。

ごめんね、もう動けない、もう吠えもできない。

ここ、どこ？

ナルヒト、ナルヒト、とても、冷たくてこわいよ。でも、それよりも、やだなあ、キミともう、会えないのが一番いやだよ。

ナルヒト、ボクの、友達――

目の前が真っ白に変わる。

ボクはそのマッシロのなかに、何か大きなものが動いているのを見つけて――

それもボクを見つけて――

『驚いた、わぬし、珍しいモノが混じっとるのう、犬畜生。天原より高き、暗き空、綺羅《きら》星《ぼし》の向こう側、ねじれたコトワリの外、鋭角の奥より出るモノが混ざっとる。ワケミタマのようなものかえ』

それはボクをまじまじと見つめていた。

『ああ、深い怨。憎いのか。その怨念、儂《わし》の依代《よりしろ》に相応《ふさわ》しいのう』

『かの〝光〟、あの忌々しい女により奪われし儂《わし》の全て、しかし、貴様がおればまだ滅ばずにはすみそうだ』

マッシロがボクに触れる。

ボクとそのマッシロは1つになった。

そのあとすぐにくるしいのもつめたいのもなくなってね、それから、キミの声が聞こえたんだ。

〝殺してやる〟

ナルヒトの声だ。とても、とても、悲しい声。ああ、やはり、キミはきてしまったんだね。

ごめんね、待てなくて。ごめんね、約束をまもれなくて。

でも、今のボクだからこそ出来ることがあるんだ。


〝ころしてやる〟


うん、いいよ。そうしよう。

キミには牙も爪もない。だからボクがキミの牙と爪になろう。

キミと一緒にぼうけんにはもういけない。でもキミのぼうけんをたすけるよ。

キミに抱きしめてもらうことも出来ないけど、キミを暖めてあげることはもうできないけど、代わりにキミを苦しめる獲物をボクがこの、爪と牙で獲《と》ってこよう。

『畜生よ、儂の依代、人との縁となりし畜生よ、それは違う、人の扱う牙と爪には相応しい名前がある』

マッシロが何か言ってる。うるさいな、キミには感謝してるけどキミのいうことは聞かないよ。

ボクが言うこと聞くのはナルヒトだけだ。

『……思ったより自我が強いなこの畜生……まあよい、名前があるのだ。我がこの白きはマッシロではなく、キリ、高き山々、あるいは広き野に広がるキリにて』

『そして、人が扱いし牙と爪は名前を変じるのだ、相応しきその名前は』

ちょ、うるさいよ。今、いいとこなんだから。ナルヒト、だいじょうぶ、怖がらないで、全部ボクがコロシテあげる。

【――〝ヤイバ〟と、言うのだよ。犬畜生】

なんでもいいよ、別に。

ボクはそのマッシロ、〝キリ〟の中でキミを見ている。ああ、このキリをいつか食い尽くして、キミのぼうけん、それをいつまでもいつまでも、たすけるから。

キミがもう泣かないですむように、いつまでも。

キミが欲しいものを手に入れるまで、なんどでも。

さあ、ボクたちのあの続きを。

ぼうけんをつづけよう。

◇◇◇◇

～ヒロシマ県警管轄、未解決事件記録簿～

れる。
２０１４年　ヒロシマ市某所河川敷付近にて地元中学に通う少年４人の他殺体が発見さ

検死の結果、死因は鋭利な刃物で全身に負わされたと思われる傷による出血性ショック死。

あまりにも痛ましいこの事件は当時センセーショナルに全国規模のニュースとして取り扱われるが、犯人の手がかりがあまりに少なく未《いま》だ事件解明には至っていない。

事件現場において不可解な点は、凶器はもちろんのこと死亡した少年４人、そして同じく全身に同様の切り傷を負い、辛くも一命を取り留めた小学生の少年〝Ｔ〟以外の人物がいた痕跡もないこと。

そしてその死因となった傷の異常性につきる。どのような刃物を用いて、どのように使えば人間の身体《からだ》をああまでズタズタに出来るのか、当時司法解剖に当たった医師は後日、検察官とのやりとりの中でこう語っている。

少なくとも、人間の仕業ではない、と。

【注意：クリアランスを受けていないアカウントでのアクセスを確認。これより先はニホン政府公安特殊組織、〝チヨダ〟、もしくは〝サクラ〟による許可が必要です。許可なくこの情報を閲覧した人物のIDは即時抹消され、公安調査の対象となりままままままママママママママママママママママ――

クリアランスレベル、イエローを確認。
【事件の被害者となった少年4人は窃盗や傷害、また動物虐待などの常習犯であった。また現場近く、リュウオウ山禁域の〝異界封印式壱四號〟が消滅していることを公安部公安第13課異常事件対策室〝キタノ〟所属の調査員が確認、キタノの調査によると当時、少年たちの死亡推定時刻である午前9時半頃、現場には季節外れの濃霧が発生していたとのこと。

キタノの追加調査により現場の唯一の生存者である当時10歳の孤児施設出身の少年〝T〟が回復したのち、カウンセリングと称して事件当時の話を聴収。
少年の話によると、高架下に捨てられていた〝子犬〟を死亡した少年たちが川に流して殺した。気付いたら辺りが霧に包まれてそこからは何も覚えていないと繰り返す。

キタノ所属の異能者による読心を試みるも、少年の心にはなにもなく、事件当日の記憶も存在していなかったとのこと。

2回目のカウンセリングの際に、異能者の体調に明らかな異変が発生したため、少年〝T〟に対するカウンセリングは中止。

以降は〝異常存在接触保護監視対象〟として公安部公安第13課〝キタノ〟による監視体制を敷く――

第四話 遠山鳴人と蒐集竜

「こ、ろ……し……る」

どれだけ時間がたっただろうか。遠山《トオヤマ》は自分の寝言で、瞼《まぶた》を開く。

「う、ご。あれ、やべ、ガチ寝してた……」

ぱちり、目を覚ます。ふかふかのベッドに沈んでいた身体を起こし目をこすった。なにか、とても懐かしい夢を見ていたような気がする、でも何も思い出せない。口の中に入れたら溶けて消える綿あめのように夢の記憶はほどけていった。

――驚くほど、身体が軽い。このベッドのおかげだろうか。

「すう、すう、むふふ、母様……なるほど、雄からナイフを、突き刺すというのは、もはや交尾に近しい行為、むふふふ」

「うわ」

びくり。隣から響いた女の声に今更驚く。

長いまつ毛に白い肌、アホみたいに小さな顔のやばい美人が鼻ちょうちんをぷくーっと膨らませながら寝言をもにゃもにゃと。寝巻っぽいガウンの隙間、鎖骨が覗《のぞ》きシーツより

も白い肌が見える。

遠山はそいつを起こさないようにベッドから降りようとして動きを止めた。

「なんだ、このデカイベッド。バカが作ったのか？　20人以上寝れるぞ」

ベッドがデカすぎる。一人暮らしの宿舎アパートのローベッドならごろりと転がればそのまま出られたのに、このベッドは広すぎた。

フチがすぐに見えないのだ。膝をついたまま背伸びするとようやくフチがあるのがわかる。

「なんか、あれだな、部屋のサイズ感がやばい。これ部屋ってより広間だろ、もはや」

静かにハイハイしながら遠山がベッドから降りる。部屋もこれ、1人用の部屋というより、どちらかと言えばホテルのロビーのような広さ、大広間をそのまま1人用の部屋にしたかのごとく。

ふかふかの絨毯《じゅうたん》の上をそっと歩く。気付けば寝巻きもあのボロの奴隷服から、バスローブのようなものに変わっていた。

「失礼、しましたー」

一応、女の寝室にいたのだ。変なところで律儀な遠山が頭を下げて扉をゆっくり開く。

そっと、閉めて、部屋から脱出。

さて、ズラかるか。今は考えをまとめるために1人に――

「おはようございます、若者殿。いや、婿殿が相応《ふさわ》しいですかな」

額を拭っていた遠山の動きがピシリと止まった。

声、隣から。

燕尾服《えんびふく》を着こなしたナイスシルバーが胸に手を当てて一礼を。

「げえ!? 爺《じい》さん、あんた。どこから」

「この部屋の前にずっとおりましたとも。お嬢様の寝所をお守りするのも執事の仕事ですので」

ほほほ、と柔らかく笑う爺さん。だが遠山は知っている。この老人の信じられない戦闘力の高さを。

「して、婿殿、どちらへ向かわれるおつもりでしょうか?」

すうっと、細められる目に漏らしてしまいそうになりながら遠山は頭を回転させる。

力ずくでの突破は無理。かと言って誤魔化す方法も思い当たらない。

「い、いや、どちらへって……考えたら俺、いくあてないいな」

冷静に考えるとここまで連れてこられた時点で割と詰んでいることに気づく。

「ほほほ、無鉄砲さはしかし、若さの特権です。……お嬢様からのご命令であなた様が起きた後は、衣服をご用意せよ、と。ああ、それと」

朗らかに笑う老人、彼の手が一瞬ブレた。

いや正確には手刀がすぱりと遠山に向けて振るわれたのだが、寝起きの遠山にはそれを視認することは出来ない。

「う、わ」

ごとり。

遠山の手首に巻きついたままだった手錠が外れる。

あり、うそ？　安物の手錠だけどもスッパリ行きすぎじゃね？　わあ、鉄ってチョップで斬れるんだ。わあ。

「ばぶ」

言葉を編もうとしたが、驚きすぎて赤ちゃんになってしまった。

「手錠はもう、必要ありますまい。いえ、なに、鎖が外れているので不自由はないでしょうが、なにぶん見た目がよろしくない」

「あー、妙に軽いんで気にしてなかったけど、手首に手錠ついたままでしたね」

なんとか赤ちゃんから成人男性に戻ったが内心ビビりまくりだ。この時点で完全に力ずくでこの場から逃げるという選択肢が消え失《う》せた。

「ほう、軽い……ですか。婿殿は先程のことといい中々に頑健なお身体をお持ちで。レベルもよく見ることができませぬな。失礼ですがそのような〝スキル〟をお持ちで？……おっと失礼、まだお嬢様が知ってもいないのに、出すぎた真似《まね》を」

「あ、はあ、スキル？　てかこの服、すげえ着心地いいすね」

「それは寝巻きにございます。貴方様《あなたさま》はこれから議場に入られますゆえに、それ相応の服装にお着替え願います」

ぱんぱん、と老人が手のひらを叩《たた》く。

大理石の廊下、高級ホテルのような造りの柱の陰からたくさんのメイドさんが現れた。ふりっふりのロングスカートに頭に着けているなんか白いトサカみたいなアレ。うん、メイドさんだ。

「このお方はお嬢様の賓客だ。お召し物をご用意して差し上げなさい。お着替えも手伝うように」

「「「かしこまりました」」」

お人形のようなメイドさん達《たち》、全員美しい。可憐《かれん》さとこう、妙な小動物的な可愛《かわい》さがある。だが三つ子だろうか？　あまりにも顔が似すぎているような。

なんとなくだが、あの鎧《よろい》ヤロー、もとい金髪女の趣味がわかってきた。いい趣味をしてる。

「……選択肢、ねえですよね」

遠山がつぶやく。老人が目を細め、遠山を見る。

そしてにこりと微笑《ほほえ》んだ。

「……やはり貴方様は面白いお方でございます。理性と狂気がなんの齟齬《そご》もなく同時に存在しておられる。今、この場では私を殺せない、だから言うことを聞く。……底冷えするような人格です」

「人を殺人鬼みたいに言いますね」

「まさか、貴方様はアレらの種とは正反対でしょう。ほんとうは殺したくないし、大して殺すことにも興味はない。ただ、その方法が一番確実でなおかつ、〝出来る〟から選ぶ。それだけの話でしょう？　ほほほ、竜に見込まれるだけのことはありますなあ」

どこか老人が嬉《うれ》しそうに見える。

足元に転がっている綺麗《きれい》な断面の手錠。それをチラリと見て、遠山が息を吐いた。

「で、どこに行けばいいんでしょうか、僕は」

全ての疑問や考えることを放棄し遠山が問う。ルンルン顔の老人が道を示す。素直にそれについて行くことにした。

◇◇◇◇

「うお、なんか、すげえなこれ」

案内されたのはドレスルームだった。アホみたいに広い部屋にマネキンが博物館のように並べられていた。

　メイドたちが遠山に服を着せようと囲んできたが、それだけは大人のプライドで拒み、用意されていた服装になんとか自分で着替えて部屋を出る。メイドさんたちは相変わらず無表情だったが。

「……てごわい」

「……さすがおじょうさまが認めたヒト」

「……おせわしたかった、よよよ」

　ぼそり、ぼそり。同じ顔をした無表情のメイドさんたちが固まってヒソヒソ話を響かせてくる。振り返ってはダメだ。遠山は本能で悟り、静かにドレスルームを後にする。

「おや、お早いお着替えで。メイドたちの手伝いも必要なかったみたいですな」

「いやまあ、一応社会人なんで。てかこの服、スーツ……異世界なのに服装のセンスが似てるな」

「はて、どこかで着たことが？　お嬢様がデザインされた新しい舞踏会用のウエストコートだとか。ふむ、貴方様の出自に興味が湧いてくるところですが、あまり時間がありませぬ。お嬢様もそろそろ目覚める頃合いでしょうし、参りましょう」

　老人が再び歩みを進める。遠山はもう流れに身を任せることにした。今の気分は状況が摑《つか》めなさすぎて、もうどうにでもなあーれ、だ。

「どうぞ、こちらが竜議場、帝国において竜に関する重大な事柄を決める神聖な場です。皆様既にお揃《そろ》いのようで」

一際大きな観音開きのドア。蝶番《ちょうつがい》からドアの意匠。竜の顔が生えているんですが、デザイナーは中学生なのだろうか。

「これ、このドア開けるのにボス部屋のカギとかいりません？　ちいさなカギでは開かないタイプのドアですよね」

「はて、ぼすべや？　ほほほ、そう緊張なさらずに。貴方さまはお嬢様の賓客ゆえに、では」

遠山の戯言《たわごと》を老人が華麗に受け流し、ドアを開く。まあもういいや、と遠山がノリでそのドアをくぐり。

「わお」

まず目についたのはステンドグラス。

広間の奥、天井の壁に貼られた色とりどりのガラスがキラキラと陽光を通して広間全体を光らせる。

他の部分も天窓仕様、すごい高いホテルか、海外の聖堂みたいだ。遠山は残念ながらそういうところに行ったことがないので感受性が乏しかった。

「ふかか、ああ、主役が来てくれたな。旦那殿、さあ、広間の中心へ」

広間だ。赤い絨毯が敷かれた先、遠山の眼前、前方にはこれまたデカイ椅子。

玉座。豪華。それしか感想がない。だって、もう足から肘かけから背もたれまで金ピカだもの。

「かか、どうした、旦那殿。オレの広間の豪華さに目でも奪われたか？　まあ、オレは貴様に心臓をうばわれたがのう」

ご機嫌が非常によろしい金髪美人が、にかりと笑う。先ほど鼻ちょうちん膨らませて寝ていた姿とは違い、金ピカの椅子にこれでもかというほど偉そうに座るその女。

金の髪はしかし、その玉座に引けを取らぬほど美しく煌々《こうこう》と輝く。

長い脚を組み、手のひらに顎をやり深く椅子に腰掛けるその姿。

生まれた時からの強者、上に立つ者の所作。普通の人間がすればともすれば下品、滑稽に見える仕草でも、その女がすれば、それはまさしく、王の風格。

「さあ、旦那殿、良い、許す。その椅子に腰掛けよ」

「……………」

玉座と向かい合うように、広間の中心に置かれている木の椅子。派手さはないが、これもいい素材で出来ている。

遠山《トオヤマ》が促されるままに広間を進み、椅子に腰掛け、女を見る。

羽衣のような服装。遠山は昔、映画で見た古代ローマのチュニックを思い出す。シンプ

ルだが、その女が着ていると、どこかの神話の女神にも見えてくる。スカート部分からにゅっと伸びる長く白い脚が眩《まぶ》しく割と遠山は全力でガン見していた。

「アレが、竜の巫女《みこ》の……」

「黒髪、栗色《くりいろ》の眼《め》。珍しい……」

「へえ……。スヴィ、何か見える？」

「いいえ、主教さま。何も、見えません。何かモヤが……」

「ふん、衣装だけは一級品か……」

「あー、天使さま、眷属《けんぞく》さま、お願いですから何も起きませんように、お願いですからギルドと都市運営に何も影響なく全てが終わりますように」

「領主さま、あまり、その心配事をそんなに具体的におっしゃられると逆に嫌な予感がするのですが」

その王の席と遠山の席から離れ、一段下、広間を挟むように列を成して並べられている席にもそれぞれ彼らが座っている。

みな一様に、遠山を眺める。品定めをするかのように。

「……そろそろ良いか？」

金髪の女が声を紡ぐ。

それだけで辺りの空気が恐ろしいほどに静かになった。生き物の消えた森のように。

「さて、さて、我が愛《いと》しき冒険都市。それを支える定命のモノ、ヒトの中でも選《よ》りすぐりの優秀なるモノたちよ。今日はよく集まってくれた。くるしゅうない。ああ、辺境伯、ギルドマスター、先のギルド内では騒がせてしまったな、許せ」

「……は、蒐集竜《しゅうしゅうりゅう》さまにおかれましては誠、寛大なお心で我がギルドの冒険者の粗相お目溢《めこぼ》し頂きましたこと、心より感謝申し上げる次第であります」

「……蒐集竜さまのお言葉を蔑《ないがし》ろにしかねない言動、態度を取った冒険者につきましてはみな、そのお心のままに厳罰をちょうだいしたく、それがギルドの総意なれば」

女の言葉に、一段下の席に座っていた小太りの男とメガネの美人が立ち上がり恭しく頭を下げる。

「かかかか、ギルドマスター、そちはほんに、聡明《そうめい》よな。ふんむ、そうさな。今日は気分が良い。あの騒ぎ立てていたメス猫、アレを1匹、竜祭りまでに我が館の地下によこせ。ワームどもに狩りの練習をさせたい」

ご機嫌に、朗らかな口ぶりで金髪の女がなにか残酷なことを言っている。このナチュラル畜生ぶりで遠山は120％確信を得た。

この女、あの傲慢な態度は間違いなくあの鎧ヤローだ。

「……承知いたしました。一級冒険者にすぐに彼女に対しての拘束命令を出します」

「うむ、そうせい。なかなかにあのメス猫の言葉は聞くに耐えんかったゆえに。自らの力で復讐《ふくしゅう》をなすのならいざ知らず、恥もなく己はただ泣きじゃくるのみ。みるに耐えん、竜としてあのようなものの因子を後世に残すことは許し難くての、ああ、そうだ。あのメス猫、家族があるのならそれも全て連れて来い、仲良くワームの狩りのおもちゃにしてやる故」

「……は、我らが竜の巫女の仰せのままに」

竜の言葉は重い。帝国において、今や声を届けぬ〝天使〟よりもその存在は身近で、しかしそれゆえに強いのだ。

傍若無人、傲慢無比。

この広間に集まっているのはみなそれぞれが、冒険都市を構成する勢力のトップ。冒険者ギルド、都市運営責任者、貴族、天使教会、商人ギルド、などなどみなそれぞれが優秀で選ばれた者たち。

中にはその竜の言葉に思うところがある者もいるがみな一様に目を伏せるのみ。

「ふかか、くるしゅうない。ギルドマスター、辺境伯、下がってよい、許す」

「は」

人がその存在に出来ることなど、ただ頭を垂れ、その機嫌を損ねぬようにただ、通り過ぎるのを待つのみ。

ここに集まる名士たちはみな、それぞれそれを熟知していたし、慣れてもいた。

竜の言葉に逆らわないこと。竜の意に反しないこと。

それがどれだけ、己の意思と反することであっても。ヒトが竜に抗《あらが》うことなど――

「いやまて、鎧《よろい》ヤロー。おまえそれはやりすぎだろ。家族ってことは、まさか飼い犬までもか？」

は？

その場にいた人間、全員が目を剝《む》いた。もちろん竜の許可なく発言などすればどのような目に遭わされるかわからない。

だからみんな、目を剝いたまま、ソイツを見た。

竜の許可なく、不遜な声を上げたその、奴隷を。

「……もちろんだ。1匹残らず、我が眷属の餌食となってもらう。それが飼い犬、飼い猫であっても」

底冷えする、声だ。竜が炎を操る寸前、彼らは独特な音を出す。それによく似た声だ。

この場にいる帝国、いや、この世界に生きる命たちみなが確信した。次の瞬間にでもその男が消し炭になってもおかしくはない、と。

「そりゃねえだろ。あのネコ耳女はたしかにムカついたから別にどーでもいいけどよー、おまえ、犬に罪はねえだろ犬に。……やめろよ、そういうの」

「「「「「！？？？！？？」」」」」

死んだ。

みな、そう思った。木の椅子に座った男はこれから竜に殺される。

竜は皆全て誇り高く、自らより下のモノに意見されるのを何より嫌う。竜より上位の存在はすでにこの世にいないため、つまり、竜以外の何人たりとも、竜に意見することは出来ない。

竜の言葉の否定。竜への意見。それはすなわち、安易な死を意味して――

「む？　そうか。貴様がそう言うのならそうしよう。ギルドマスター、先ほどのはナシだ。連れてくるのは雌猫だけでいい。奴《やつ》の家族はいらぬ。これでよいのか？　旦那殿」

「おう、文句ねーよ」

けろりと、2人が言葉を交わす。男はまだ、死んでいなかった。いや、それどころか、ありえない光景がそこにある。

竜が他人の、ましてや、人間の意見を無視するどころか、殺さないどころか、男の言う通りにした。

「「「「「はい？」」」」」

みんなもう、声を出すのを我慢出来なかった。

「む？　ギルドマスター、どうした、貴様。鳩《はと》が弓矢でも喰《く》らうたような呆《ほう》けた顔しおって。其方《そなた》にはその顔は似合わんぞ」

「……あ、は、い、いえ、大変失礼を。竜の言葉有り難く頂戴致します。全てそのお心のままに」

ギルドマスターがありえぬものを見た、という顔のまま、ギクシャクと頭を下げる。

「うむ、ご苦労。下がって良いぞ」

金髪の女は相変わらずご機嫌だ。頬杖《ほおづえ》をつきつつ、遠山に視線を戻し、目を大きく開いた。

「おお、そういえば旦那殿、その服よく似合っているではないか」

「お、おお、どうも。……アンタも、あのかっけえ鎧もいいけど、その服もすごいな。なんか、その、ローマの偉い人って感じで」

「ろーま、とな？　かか、まあ良い、褒め言葉として受け取っておこう」

ケラケラと笑う金髪の女。

帝国の民にとってその姿はまさに、異常。

「マリーくん、なに、あれ」

「竜……だと、思う、のですが……」

辺境伯とギルドマスター。この都市の中でかなり竜大使館と距離が近い派閥の長たちはありえない光景にかなり正気を持っていかれていた。

そしてその光景を、黙って見ることも、受け入れることも出来ない者もいた。

「……おい!! 奴隷!! 不敬だぞ!!」

高い男の声が響く。豪華な装備、装飾の施された儀礼用の鎧に身を包んだ美青年だ。遠山を指差し、あまつさえ席を離れて、遠山へとズカズカ近づいていく。

「あ、ちょ! うそでしょ!? “騎士クラン”!? やばいって、今はやばいって!」

「…………」

隣の席に座っていた黒いシスター服の糸目の女性が男を止めるも、もはや間に合わず。

白い修道服の小柄な女性は黙ってピクリとも、動かずただ、虚空を見つめている。

「あ?」

「先ほどから黙って聞いていればなんだ、その態度は!? 目の前に座す方をどなたと心得る!! 帝国の護《まも》り竜、人と竜の縁の結び目、竜の巫女様になんたる態度だ!!」

遠山に今にも殴り掛からんという勢いで男が迫る。鎧の音がうるさい。

「竜の、巫女?」

ちょこちょこ聞いていたワードだが意味がわからない。だが、響き的におそらくあの鎧ヤローの呼び名の1つか。

遠山は呑気《のんき》に推測を始める。

「な、なんだ、その顔は? まさか、知らないとでも言うつもりか? 不敬すぎるにもほどがある! 本来であるならば貴様のような出自もわからぬ下賤《げせん》な者が目にすることすら憚《はばか》られるお方なのだ！　その態度、許せぬ!!」

「あ、はあ、そっすか。お兄さん、やめてくれよ。こっちは丸腰だ。その大層な腰の剣から手、離してくれ。こわくてしかたねえ。まあ武器も持ってねえ人間に対して剣をチラつかせるのが趣味ならもう言うことねえけどよ」

品定め。やかましい割にはこの男は強い。タイマンでやれば自分に勝ち目はないだろう。キリヤイバを使えば話は別だが。

つまり、いつでも殺せるというわけだ。遠山《トオヤマ》は割と余裕だった。だがその態度が青年のプライドに障ったのだろう。青年がその腰の剣に手をかける。

「な、わ、私を愚弄するか!!　表へ出ろ!!　教会騎士として今の言葉は捨て置けん！」

教会騎士。名誉ある彼らは何より侮辱されることを嫌う。奴隷風情が彼らの憧れの存在である竜と対等に話すその姿、そしてここ最近の一件で溜《た》まっていた不満が、ここに爆発

―――


「騎士よ」

その声が、降り下りる。それは分岐点だ。それは死線だ。そしてその騎士はそれを見誤った。

「お恐れながら蒐集竜様に申し上げまする!! この者は明らかに御身に対して明らか——っあ!? 火、火!? 焔《ほのお》、あ、ああああアアアアアアアア」

若さゆえにその騎士はそれに気づかなかった。騎士が、竜の言葉に意見した瞬間、彼は金色の焔に包まれていた。

「ぎゃ、アアアアアアア!? り、ゅうよおおお、なぜ、なぜえええええ、僕、だけええ」

炎だるまになりながら地べたを悶《もだ》え回るその姿。

「うわ。まじか」

普通に遠山は引いていた。肉の焼ける臭いに少し吐きそうになる。

「貴様、誰の許可を得て囀《さえず》るか。今、オレは旦那殿と話しているのだ」

女の声はどこまでも冷たく。転がり回る青年には届いていないだろうが。

「あっちゃー、だから言ったのに……はあ、かしこみかしこみ、我らが竜よ、そこの愚か者の責任は全てわたくしにございますれば。ただ、そこな男の発言は全て、御身を想《おも》うあまりのこと。竜に焦がれる哀れなヒトの性として、どうかお目溢しちょうだい出来ませぬか?」

黒い修道服の糸目女性。おずおずと、しかし、かなり呑気な様子で声を上げた。いや、違う。遠山は見た、糸目の女の長い白髪、その毛先が揺れている、すごく微細に震えている。恐怖をかみ殺しているのだろう、白髪糸目の修道服の女が立ち上がる。

金髪女は一瞬、場が凍るような殺意を放つが、発言したのがその糸目のシスター服だとわかるとその雰囲気を和らげた。

「む、銭ゲバよ。そういえば貴様の予言がオレと旦那殿を引き合わせたのだったな。よい、女主教、そなたの顔に免じて、許す」

ぱち。長い指が小気味よい音を鳴らす。

悶えて地面に暴れ回る男を包む炎が嘘《うそ》のように消えた。

「あ、ぎ……」

黒焦げ。

美しいブロンドヘアは溶け落ち、黒コゲの人間がピクピクと痙攣《けいれん》していた。

「……はあ、まったく、だーから連れてきたくなかったのに。竜の巫女《みこ》よ、そこの愚か者、しかし我ら天使教会の剣のうち、最も鋭き者の中の10木に入る男です。どうか寛大な御《み》心《こころ》をもって、治療の許し頂きたく」

「ほう、なんだ、此奴《こやつ》、十騎士の1人か。ふかかかか！　どうりで、消し炭にしてやるつもりがまだ息があるわけだ。良い、許す、治してやれ」

「御心、有り難く。スヴィ？」

「はい、主教さま」

白い修道服の小柄な女性、140センチもなさそうだ。

彼女がととと、とその黒焦げの男の元へ歩み寄り、しゃがんで手をかざす。

「いと高き、貴女《あなた》のお恵みを私の手のひらに」

透き通る声。紡がれる言葉。

「〝秘蹟《システム》〟治癒の手」

それは天使に与えられた奇跡。ヒトの才能、〝スキル〟その特異点。天使教会が認定したスキル、とりわけ強力でこの世の法則を覆す、まさに天使の御業《みわざ》に匹敵すると認められたものは〝秘蹟《システム》〟と呼ばれる。

癒しの権能が黒焦げの男に作用する。

「……う、あ……」

驚いたことにまだ男は生きているらしかった。オレンジ色の光が灯《とも》るたびに、小さく呻《うめ》く。

「ほう、教会の聖女。噂《うわさ》に違《たが》わぬ濃い香り、天使の深い香りが其方から漂うぞ」

「もったいなきお言葉です、竜の巫女」

「わ、たしは」

「黙って。あなたが今生きているのは竜の巫女様の気紛《きまぐ》れと主教様が命をかけて上申してくれたおかげ。それもわからぬのなら、ここで私があなたを殺す」

「く……」

それから男はもう何も言わなかった。

しかし、黒焦げの顔は遠山の方を向いていた。グロいのですぐに遠山はそれから目を逸《そ》らしたが。

「ふかか、さて、一悶着《ひともんちゃく》あったが、まあここにいる選ばれたヒトである貴様らならば、もう理解しておろう？　なぜ呼ばれたのかをな」

改めて、金髪女が再び話し始める。

「今、オレの目の前におるこの男。黒髪の奴隷。此奴こそ、このオレ、蒐集竜《しゅうしゅうりゅう》を殺した男。紛《まご》うことなき真剣勝負にて、オレはこの男に敗れた」

はっきり通る声が広間に響く、誰も口をはさむことはできない。

「故に許すのだ。オレの目の前に座ることを。オレの言葉を遮ることを。オレの言葉に意見することを。オレと、対等でいることを許すただ1人のヒューム《人類種》である」

竜の退屈を殺しつくした男をたたえる。

「そこな教会騎士はなんぞ勘違いしたのだろう。竜がヒトに絆《ほだ》されているのだと。かかか、代償は高くついたな。否、断じて否、だ」

彼女はどこまでも愉快気に言葉を続ける、永劫《えいごう》と約束されていたはずの退屈、上位生物としての避けることのできない、受け入れ、慣れるしかなかった退屈と孤独。それを殺した男を見つめて――

「オレが許し、絆されるのはただ1人。この男のみ、ぞ」

竜の蒼《あお》い瞳が遠山鳴人《ナルヒト》だけを映していた。

「ここまで言えばオレの意思が貴様ら全員、すなわち冒険都市、いいや、帝国に伝わっただろう？　本日をもって、オレはこの男をツガイとすることに決めた。竜の婿入れぞ。誉れと思え、冒険都市、祀《まつ》るといい、帝国よ。この男とオレの婚姻を持ち、帝国と竜界の縁は永遠のモノとなるのだから」

その言葉は竜の言葉。

帝国は今、宣言されたのだ。

竜が、ツガイを見出《みいだ》したのだと。

「おお……やはり」

「うわお、マリーくん、胃薬頂戴」

「ごめんなさい、先ほど全部飲みました」

「……なるほど、こうなったか」

広間がざわつく。この場にいるのは帝国の運営にも関わる有力者たち。予想はしていたが改めて竜自身の口から告げられたソレはやはり衝撃だ。

「かか、ざわつくのも分かる。が、しかし、だ。婚姻とはつまり祝福だ。この婚姻に不服がある者は手を挙げよ。ないのならば沈黙と恭順を持って、賛成の意を示せ」

あるわけが、ない。

人界において竜の言葉を覆すことが出来る者などいないのだから。

「かか、良いよい。ふむ、これで今日より竜とヒト。古《いにしえ》の約定の1つがまた為《な》された。ああ、竜冥利に尽きるのう。竜殺しと結ばれるのは、竜の本懐よな」

「……冒険者ギルドを代表し、この度の蒐集竜様の婚姻、誠《まこと》、おめでたくお祝い申し上げたく、つきましては竜祭りの折には闘技場にて祝いの一戦を奉りたく存じます」

音もなく立ち上がり、恭しく頭を下げるのはメガネの女、冒険者ギルドマスター、ハイデマリー・スナベリア。

「おお、よいではないか。ふんむ、そうさな。古代種と塔級の試合が見たい。塔級は誰でも構わぬ。奴《やっ》らは数少ない、オレから見ても退屈せぬ人種ゆえに」

「はっ、必ずや御身の退屈を晴らす試合をご用意いたします」

「ふかか、よいよい、励めよ」

「……お恐れながら、帝国を代表し申し上げます、この度の婚姻、誠にめでたい。帝都にて座する皇帝におかれましてもこの場に居合わすことの出来なかったこと大変悔いておられることでしょう」

続けて小太りの男、辺境伯、サパン・フォン・ティーチもそれにならう。

「ああ、あのジジイもそれなりに忙しいであろう。よい、許す。辺境伯、貴様ならばあのジジイの代理として申し分ない。罰することはせん、安心せよ」

「は、なんと慈悲深きお言葉でしょうか。帝国におきましては、此度《こたび》の婚姻を祝う形として、軽い犯罪により牢《ろう》に入れられているものの特赦、そして農村地帯への租税の減税、また都市部においては徳政令をもって借金の打ち消しを行おうかと。蒐集竜さまのお慈悲、という形を考えております」

「うむ、悪くない。だが金貸しの連中が哀れよの。ふむ、こうしよう。徳政令により貸付の回収が出来なくなった金貸し連中に関しては、竜大使館名義でその分を補填してくれてやろう。帳簿の提出、血判状、契約書の類を用意させておけ」

「はは、なんとありがたきお言葉でしょう」

「かかか、まあ、のう。お主の商売にも金貸しどもが困窮すれば影響があるだろうし……かか、日頃の貴様のタヌキぶりを評価しての判断よ。存分に私腹を肥やすがよい」

「は、はは、竜の巫女さまも、お人、いえ、竜が悪う存じます」

脂汗をかきながら小太りの男が愛想笑い。竜はソレきり興味をなくしたのだろう、男から視線を外した。

「して、他に？」

金髪の女が青暗い目で広間の席を見回す。竜が言外に伝える、祝え、祀れ、媚《こ》びろ、それを許す、と。

競うようにその場に集まった名士たちが竜の婚姻を祝い、それの祝いとして自分たちの派閥が何をするか、何が出来るかを口々に発表し始める。

竜がそれを機嫌よく聞き、鷹揚《おうよう》に頷《うなず》き話が進んでいく。

この世界において、竜の婚姻とはすなわち並ぶことのない名誉であり、歴史に残る祝い事なのだ。

少しでも竜の興をひこうと派閥の長たちが竜への敬意を示すための祝いを提案していく。

「このたびの蒐集竜さまの婚姻を祝い、商人ギルドにつきましては、貸店舗の賃料の引き下げ、またギルドの影響の及ぶ商人全てに、竜の婚姻に関わる祝い事の商品を並べることといたします」

「ふんむ、ちと弱いの。明日までに他の案を大使館へ提出せよ。つまらぬものであれば、貴様らの交易路を全て潰す」

「は、全ての知恵を集め、御身の興をひいてみせます」

「ほう、かか、娘。悪くないな、貴様。期待しておるぞ」

「もったいなきお言葉」

若くして商人を束ねる存在となった少女が頭を低くしたままその場から下がる。竜の威に怖《お》じ気《け》づかずにいられたのは、一滴で家が建つと言われるほどの希少品、ヘレルの塔の

中層以上でのみ咲くといわれる勇気の花の蜜をなめていたおかげだ。それが

ヒト、本来ならば竜の目に個としてとらえられることもないちっぽけな存在。

次々に竜に侍《はべ》る。各々の目論見《もくろみ》を胸に、竜へかしずく。

「竜の巫女さま、先ほどの教会騎士の蛮行、この首をもっても贖《あがな》えぬことは存じておりま

す。しかし、それでも御身の祝いの前にまず、ふさわしき罰を。教会の者の不備は全て、

このわたくしに責がありますれば」

白髪の糸目のシスターが音もなく、竜の前に歩み出て、膝をつき頭を垂れる。白い髪に

隠されその表情は見えない。

「かか、銭ゲバめ。金に汚く、およそ聖職者らしからぬ貴様を憎みきれんのはその度胸よ。

貴様、オレがどうあっても貴様を殺さんとみてのその言葉であろう。かかか、許す、全て

許す。そこな騎士の暴走、全てもう良い。貴様の予言と、貴様の度胸に免じてな」

金髪の女は機嫌よく笑う。お気に入りのおもちゃを見つめるかのように白髪の女を見下

ろして。

「……あなた様はいと高き我らが光と並び立つほどの素晴らしい存在であります。帝国に

あなた様があることを誇りに」

「ふかかか、良い、よい。して、教会は此度の祝賀、どう考えておる？」

竜とは隔絶した存在だ。ヒトの法則から外れ、どこまでも強く、何よりも美しい生き物。

ヒトには触れることすら叶《かな》わぬ上位生物。しかし歴史の中、時折、たまに竜に見初められるヒトが現れる。

竜という数多《あまた》の生命の到達点、それにツガイとして選ばれる。それはすなわち、世界そのものから直接寵愛《ちょうあい》を受けることに等しい。

ヒトを超えた叡智《えいち》、財、不老不死、美しさ、大よその凡人が求めてやまないものその全てを、竜は持っている。

「は、蒐集竜さまの名の元に、まず教会が物流権と販売権を確保している聖品の大幅な値下げと市場への放出を。具体的には〝天使粉〟を中心とした食品必需品への教会税の減税、そしてあなた様を謳《うた》う讃美歌《さんびか》の創曲をひとまずのところに」

「ほう、かか、良いだろう。許す。竜祭りまでには全て完成させよ」

「は」

皆が、頭を下げる。ヒトと竜の関係は古より決まりきっていた。

竜が上、ヒトが下。

ヒトは竜に選ばれることでしかその存在に触れることさえ許されない。

竜がヒトを試すのだ、竜がヒトを選ぶのだ。そしてヒトは竜に見初められることを最大の栄誉の一つとして求める。

天使教会の教会騎士が竜に打ち勝ち、そのツガイに選ばれることを至高の目的とするのも、帝国という国自体が竜を護《まも》り竜と崇《あが》めるのも全て、竜という存在の絶対性、神聖さ。

それはこの世界のヒトの魂に刻まれた絶対的な概念——

だからだろうか。

この場にいる全員。この世界で生きる皆は忘れていたのだ。

荒くれモノ、曲者揃《くせものぞろ》いのアウトローのとりまとめ、帝国最大の冒険者ギルドをまとめる才媛のギルドマスターも。

帝国国教、統一宗教、天使教会総本山、銭ゲバ女主教に、歴代最優と歌われる教会最強戦力、聖女も。

帝国随一の経済特区をとりまとめる辣腕の商人ギルドの長も。

帝都の貴族院、そして皇帝じきじきに、この男がいなければ冒険都市は成り立っていないと言わしめた辺境伯も。

その他、ヒトの中での選《よ》りすぐり。最低でも竜の大使館に招かれることを許されたヒトたち。

誰もが忘れていたのだ。

「ああ、ようやく、ようやくオレはこの空洞を埋められるのだ、１００年の孤独と退屈はきっと終わる。今日はなんと良い日だろうか。オレは竜生最高の蒐集品《しゅうしゅうひん》を手に入れたのだ」

そう、竜でさえも。数百年ぶりの竜殺しの存在に木当に当たり前のことを忘れていたのだ。

当たり前のことを、みんな忘れていた。

「いや、結婚なんてしねえよ？　婚姻とか祝いとか言ってるけどよお、俺まだ独身でいたいし」

空気が、凍りついた。

最終話　ぼうけんの続き

婚姻とは、片方だけの意思で決まるものではない。3歳の子どもでも知っていることを皆が忘れていた。

竜との婚姻を断るヒトなど、この世界にいるわけがないから。

「…………………は？」

「いや、いやいや、は？　じゃねえよ、話がわからん、なんで俺がお前と結婚するみたいな流れになってんだ？　新手の詐欺にしてもガバガバすぎるだろ、設定が」

「…………旦那殿、オレは、竜、だぞ？」

「え、うん、それで？」

「――――ッ？！！」

ガーン、本当にそんな表情だ。彼女の金の髪から垂れるように覗《のぞ》く角もびくんと跳ねて。不敵な笑みや、見るものを震わせる氷のような表情のみを見せていた竜が、目を丸くして固まった。

「お嬢様!!」

ふらり、よろめく竜を老執事が支える。

「あ、ああ、すまぬ、じいや。少し悪い夢を見ていた。……オレの婚姻を、旦那殿が断る夢だ、かか、さて、婚姻衣装に着替えねば……あれ、もう着てる……」

うなだれ、竜が額をもみながら、乾いた笑いを受かべて。

「お嬢様、お気をたしかに。夢ではありませぬ」

燕尾服《えんびふく》の執事が容赦なく竜の現実逃避を切り捨てた。

「え、は？　オレ、竜ぞ？」

「はい、竜にございますれば」

「……竜なのに婚姻を断られたの？」

「そういうことにございます」

「……竜なのに、振られたの？」

「そういうことにございます」

「そうか」

会話が、終わる。竜と執事の会話が。

「ッ!?」

遠山《トオヤマ》の身体《からだ》が強張《こわば》る。

がたん、気付けば周り、先ほどまで竜に頭を下げていた偉そうな人物たちのうち、殆《ほとん》どが椅子から転げ落ち、苦しそうに地べたに這《は》いつくばっていた。

「げ、ぅえ」

「こ、れは、りょ、領主、さま、お気をたしかに……」

「す、ヴィ、警戒を……」

「……はい、主教様」

「おええ……し、ひぬ」

顔色を変えずにいるのは本当に数人だけ。ほとんどみな、あぶくを吐いたり、白目を剝《む》いたりの阿鼻叫喚《あびきようかん》。

生き物が、生き物に触れもせずにこのような影響を与えていいものなのだろうか。いや、いいのだ。これが竜。上位生物の威。下位生物たる人間はその威に頭を垂れるのみ。

辛うじて椅子に座ったままでいられる遠山。探索者としての化け物殺しの3年がなければおそらく気絶していたほどのプレッシャー。

「……おい、なんの、つもりだ」

腹に力を入れて、気を強く持つ。少しでも気を抜けば倒れてしまいそうなほど気分が悪い。

「なんのつもり、だと。貴様、旦那殿。何か勘違いしているようだな」

女の目、青い目の瞳孔が縦に裂けていく。ヒトではない大いなるものの目だ。

「……婿殿。あなた様は竜との婚姻が何を意味するか、わかっておいでではないようですな」

　玉座の隣に立つ老人が静かに、遠山に向けて言葉を紡ぐ。

「は？　なんだ、そりゃ。何を意味しようとも、そんなもん――」

　遠山が身体に力をみなぎらせ、言い返そうとして――

「全て、です。婿殿」

「は？」

「あなたもヒトならば欲があるでしょう。生命、金銭、名誉、性、実現。ヒトの身にとって欲とはその者を前に進める原動力のようなもの。ヒトはそれを叶えるために生きている、乱暴な言い方かもしれませんが1つの真実であることは確かです」

「ひ、ひひ、それは否定しねえよ、爺さん」

　欲望の話。それは遠山鳴人《ナルヒト》にとって聞いてみる価値のあるものだ。

「ほう、であるならば。この言い方であれば婚姻をご納得していただけますかな？　もう一度言います。全て、ですよ。お嬢様、つまり竜との婚姻とはヒトの身が求める欲の全てを手に入れると同じことです」

　低い声が、ステンドグラスを通して降る光に混ざる。

「竜と婚姻し、竜に選ばれる。それだけであなたの名前はこの帝国の歴史に刻まれる。たとえあなたが滅びたのちも、帝国臣民全ての記憶にあなたは名誉の象徴として生き続ける」

「尽きぬ財、この世の全ての悦楽をあなたはなんの苦労もなく得ることができるのです。竜との婚姻とはつまり、ヒトが望むものすべての体現、全ての完成とも言える、ご覧なさい、お嬢様の威に伏している彼らの姿を」

老人の汚れの一切ない白い手袋につつまれた指が、彼らを示す。

竜の威に平伏《ひれふ》す人間たちを、示すのだ。

「ヒトとは他者より秀でたい、他者に勝ちたい、他者より優れたい、比較の欲を持つ存在。ご覧なさい、あなたが竜と婚姻したのち見ることのできる光景を。どれだけヒトの世界で上に立つモノであれ、竜の前にはこれ、この通り、皆が平伏す。つまり、あなたに平伏すのですよ」

「全て、叶《かな》う。全て、手に入るのです。あなたが欲しいもの、その全て、が」

その老人の言葉は、甘い毒だ。

ヒトを超えた存在が、ヒトを唆す言葉である。その言葉は抗《あらが》いがたい魅力にあふれている。

その言葉の対象ではないはずの者まで夢想する。もし、自分が竜に選ばれていたら。

ああ、全て手に入るのだ。竜との婚姻とはつまり、欲望の完成に他ならぬ。

ヒトの身にあまりに余るこの世の全てを、欲望のままに貪ることができる、その権利そのもの——

「…………」

遠山が、深く椅子に座り込む。竜の本気の殺意に触れた身体が疲れ果て、目はうつろに天井、天窓からさす光を仰いでいた。

「二度は言わん、ヒトよ。オレは貴様を選んだ。我がツガイとなれ、我がモノとなれ。オレの7つある命のうち、1つを奪った貴様にはその権利がある」

「お選びなさい。選ばれしヒトよ。あなたはこの世界で誰よりも幸運なのだから」

竜と超人。

2つの超越者が、遠山鳴人に声と威を届ける。

選ぶべくもないだろう。それは完成、それは全て。ただ、頷《うなず》くだけで全てが手に入るのだ。

そうだ、死んだのだ。あの時、仲間を逃がし、死地に残り独りで死んだのだ。そして、なんの偶然か、なんの因果か。

続きがあった。次があったのだ。

いいじゃないか、もう。意味もわからないが、理由もわからないが。

婚姻、それをすれば全て手に入るらしい。湖畔に建てる家、それも手に入るのだろうか。

「旦那殿」

「婿殿」

超越者、上位存在たちがその欲望のままに、下位の存在、その全てを手に入れようと言葉を向けて――

ああ、もういいか。全部、手に入るんなら、それで――

遠山鳴人がそれに屈するように、力を抜いて。

――ぼうけんのたびにでるんだ！　ぼくと、おまえで！

――わんわん、わふ！

――湖のほとりに、店を建てたかった。

全てを手に入れるために、全てを投げ出そうとした遠山。しかし、その首が縦に振られることはなかった。

はじまりもしなかった友との、ぼうけん。

身体に痺《しび》れをもたらしたトカゲ男の言葉。

それらに共通していたことがある。ああ、それはどこまでも遠く、どこまでも夢物語で、どこまでも愚かで、無鉄砲で、バカみたいで、儚《はかな》く、そしてどこまでも、どこまでも――

「いや、たのしそうだな、自分でやるほうが」

自分の欲望とは、自分でかなえるものだ。

遠山鳴人が求めてやまないもの、欲望のままに、すべてを自分で決める。生き方も、死に方も。全部、自分で。

そうだ、それこそがたのしみだ。

「ひ、ヒヒヒヒヒヒ。ヒヒヒヒヒヒヒヒヒヒヒヒヒヒヒヒヒヒヒヒヒヒ、ああ、そうか、バカか、俺は」

「……旦那殿。答えを」

言葉は静か。しかし、至近距離で銅鐸《どうたく》を鳴らしたかのような圧力に、心臓が軋《きし》む。

だが、もう、遠山の嗤《わら》いを止めることは出来なかった。

「休みの日ってよ、実は一番楽しいのは休みが始まる前日の夜なんだよなあ」

「……なに？」

ピコン。音が鳴る。それは運命の知らせをぶん投げたことにより生まれた副産物。

【保有技能〝話術〟を確認、ステータス数値ＩＮＴ《知性》６以上を確認　秘蹟《システム》〝クエスト・マーカー〟への抵抗ロール複数回成功を確認。遠山鳴人の言葉による世界への干渉を確認、条件をすべて達成】

それは、いうなればゲームのバグのようなもの。こうあれかしと決められた運命、世界の仕組みを放り投げたことによって生まれた世界の歪《ゆが》み。
「ああ、そうだ。そうだよ、ゲームとかもよ、レベルがＭＡＸ、所持金マックスの全クリ状態より、序盤の金策やらなんやらが一番たのしかった。Ｇ級もＧ級なりたてでスキル構成見直してる時が一番たのしいもんなあ」

【条件達成　新技能獲得、〝冒険者の舌《スピーチ・チャレンジ》〟これにより敵対者への〝スピーチ・チャレンジ〟システムによる説得が可能になりました】

「婿殿、あなた、何を？」

「ヒヒヒヒヒヒ、いや、なんだ。改めて理解したんだよ。欲望ってのは、一番たのしいのはそれを叶えようと足掻《あが》いてる時だって。ああ、そうだ――」

【スピーチ・チャレンジ開始　目標〝竜と超越者の説得〟相手との友好度が低いため、〝脅迫〟が可能です】

メッセージが踊る、由来のわからぬ力、しかし使えるものをすべて使うのが探索者の、いや冒険者の業ならば――

立ち上がれ。

身体《からだ》が悲鳴をあげる、動くな、と。目の前の生き物の機嫌を損ねるな、死ぬぞ、と。

だが、それを無視する。魂が怖気《おじけ》るのを許さない。それが遠山《トオヤマ》の欲望だから。

その舌は世界を侵す、世界を騙《だま》す。

「――湖のほとりに家を建てよう」

あの時叶わなかった願い、その欲望は、最期の瞬間からたしかにこの世界に続いていた。

「そのためにはまず、金だ。土地を買うにも、家を建てるにもまず金がいる。この世界の経済、貨幣制度も勉強しよう。カネを稼ぐために仕事もしよう、そのためにこの世界をよく知ろう、ああ、なんだ、なんだよ、叶えたい欲望は1つ、たどり着くべき場所は決まっているのに」

苦労も、苦しみも、辛《つら》さも、悲しみも、寂しさも。欲望を叶えるために払うべきすべての代償も余すことなくそれは遠山のものだ、この世界には続きがあった。ならば進むのは自分の意志と足で。

「やることがたくさんある。めんどくせえ、だがその全てがたのしみだ。その全てが俺の欲望に繋《つな》がる道だ。道中の苦労、困難、試練、それを達成した時の悦《よろこ》び。ああ、そうだ、その全ては俺のもんだ」

夢を叶えるために超えるべき試練、それらすべては挑む者にのみ与えられる報酬でもあるのだ。

一歩進む。誰しもが超越者たちの圧に平伏するその温かな光がさす広間にて、強欲な人間のみが、ただ、進む。

目を爛々《らんらん》と怪しく輝かせ。舌を噛《か》み、本当の人の力、言葉を携えて。

「おまえらに1つたりともくれてやるものか。全て、だと？　タコが。なんもいらねえ。

おまえらのモンなんて、お前らが俺に与えるものなんて、何一つ興味はない」

苦労もなく手に入るものなどいらない、誰かから借りてばっかりの人生に興味はない。

「お前たちのもんなんざ、なんもいらねえ。だから、俺のモンに触るな、殺すぞ」

遠山の答えはシンプルだった。

そして、彼の腹が決まったのなら、ああそうだ、彼がまだ、遠山鳴人《ナルヒト》がぼうけんをつづけるのならば、ソレはきっと力を貸すのだ。幼き頃の約束もまた、続いているのだから。

「ほう」

「これは」

キリだ。

遠山鳴人の身体から真白のキリが漏れ始める。竜の威が、金色の焔《ほのお》がすぐさまそのキリに混ざるヤイバを焼き尽くす。

だが、今回のキリは濃かった。たとえ竜の焔とてたやすく焼きつぶすことはできない。

重たいキリ。

「……なるほど、婿殿の中にいた者、予想外に手強《てごわ》い」

「じいや!?　まさか」

老人が、その豊かな白い口髭《くちひげ》の隙間から、こぽり。赤い血をまろびだす。消えない。今度はそのキリは消えない。主人の道にたちはだかるすべてをその爪と牙にて滅ぼそうとする。

【スピーチ・チャレンジ　アシスト発生〝未登録遺物　キリヤイバ〟】

遠山の身体から漏れ出たキリはしかし、消え去っても、焼き切れても、消えないのだ。

むしろ満ちていく。ああ、何故《なぜ》だろうか、部屋の角からどんどん次々、キリが満ちる。

「警告だ。俺を自由にしろ。決めるのはお前たちじゃない。俺だ。欲望のままに、全てを決めるのは俺だ」

そのキリは、主人の欲望を全て肯定する。そのキリは、主人のぼうけんを邪魔するものを全て狩る。

誰もが、眼《め》を剝《む》いた。竜の言葉に意見する、竜と対等に接する。百歩譲ってここまではいい。

だが、なんだ、この光景は。

竜との婚姻を断るだけでも、帝国の歴史、いやこの世界の摂理からすら外れた蛮行、なのに、あまつさえ、今——

「うえ、ほんと、新しい胃薬ほしい」

胃痛にうめくサパン辺境伯が、虚《うつろ》な視界の中それを見る。

ああ、悪夢だ。

――ひとが、りゅうを脅している。


【スピーチ・チャレンジ（脅迫）進行中　技能〝竜殺し〟により竜への行動にプラス補正がかかります、技能〝アタマハッピーセット〟により、上位生物からの精神汚染を無条件で無効化します】


この場の主導権が移った。冒険者の舌《スピーチ・チャレンジ》が、決まっていたはずの世界の仕組みを騙していく。

ありえざる結末、選べないはずの選択肢へ、その舌はたどり着く。

「俺にはこれからやらないといけないことがたくさんある。邪魔するな、クソドラゴン、クソジジイ、そこをどけ」

「ふ、フフフフ、若造が、イキがいい」

紳士の顔を保っていた老人の仮面が一瞬はがれる。闘争に焦がれる悪鬼のごとき凶相を老人が浮かべる。

「そっちが本性か、ジジイ。ヒヒヒ、似合ってるぜ、その悪人ヅラはよー。……どけよ、年寄りいじめる趣味はねえ」

「ははは、言うじゃあねえか、クソガキ」

遠山の足が止まる。圧が、尋常ではない。

死ぬかもしれない。容易にそれが予想できた、だが、もう悔いはない。

「ああ、ぼうけんだ。ここにはきっと続きがある。ニューゲームの時間だ。欲望をかなえる。俺のやりたいようにやるためのぼうけんだ。冒してやろう、危険を飲み込もう。死んでも、俺は欲望のままに全てを叶《かな》える」

「ハハハハハハハハ、それが最期の言葉で、いいんだな?」

「てめえこそ、品がなくなってんぞ、爺さん」

「ぬかせ、若造」

老人から放たれる殺意が膨れ上がる。

それに反応するように、ああ部屋の角という角から濃い、とても濃い、遠山の支配下にはないキリが立ち込める。

超越者と冒瀆者《ぼうとくしゃ》。

互いに譲れぬ、しかし、対等な殺し合いが始まろうとして――

【スピーチ・チャレンジ（脅迫）成功　蒐集《しゅうしゅう》竜《りゅう》の精神を削り切り戦意を奪いました】

ありえざる結末、存在しないはずの選択が始まる。舌を回し、心を乱した。

「………旦那殿、そんなにオレとの婚姻は嫌なのか」


遠山は舌の挑戦に成功していた。

ぼそり。呟《つぶや》かれた言葉は竜の言葉。

老人の殺意が少し萎《しぼ》む。

あまりにもその声が、うつむいた竜の声が、しょぼくれていたために遠山は思わず普通に思ってることそのままを、返事にした。

「ああ。だって、俺、お前のこと嫌いだ」

「ふか」

端的な遠山の言葉に、竜が短い声、悲鳴にも聞こえた。

「印象最悪だし。トカゲさん殺そうとするわ、舐《な》めた態度とるわ、偉そうだわ。普通に嫌いだ」

そのまんまを遠山が口にして。

「嫌い、なのか」

「うん」

「そうなのか」

「ああ」

「…………………ぐすん」

「お、お嬢様!?」

老人の殺意が一気に消えた。萎むどころから消えたのだ。それに伴い、部屋の角に満ちていたキリも嘘《うそ》のように消えていく。

「…………もうよい。ぐすん。……旦那殿、すまぬことをした。じいや、オレは少し休む。……旦那殿を浴場に案内し綺麗《きれい》にしたあと、街へ送ってやれ……丁重にな」

「は、は、よ、よろしいので？」

「……だって、きらいってゆわれたもん。これ以上、オレ、きらわれたくないし……おふろ、入れてあげて、ごはんも食べさせて。ぐすん」

ぐすん。。。

ばさり。

女が、しょぼくれた竜が立ち上がる。長い金の髪角もしょんぼりと。かと思えば、その華奢《きやしゃ》な背中から大きな金色の翼が広がる。

風がはためき、その翼にみちて、はためく。

真上に飛ぶ、女。天窓を突き破り、一瞬で遥《はる》か彼方《かなた》、高く、高く空に向かう。

砕けた天窓のガラスがキラキラと光を受けて輝いた。竜の涙も同じように輝くことを、遠山《トオヤマ》は知らない。

「お、お嬢様、お待ちを!!　お嬢様！　くそ!!　ファラン！　婿殿をお嬢様の言いつけ通りに浴場へご案内して差し上げろ！　あとお越しの冒険都市の皆様にはお茶と菓子を振る舞い、丁重に都市へと送れ!!　俺はお嬢様を追う！　お嬢様!!　お待ちを!!」

老人が優雅さを全て捨て去り、大声で叫ぶ。

「アリスお嬢様ァアア!!」

かと思うとそのままジャンプ。一瞬で見えなくなった。

遠山がそれを見て固まっていると。

「はい、承知いたしました。執事どの。ファリン、ファルン、ファロン。婿殿をお運びなさいな」

無表情のメイドさんがぱんぱんと静かに手をたたく。

すっ、すっ、すっ。まるで、手品のように繰られる重ねられたカードが傾いてさっと現れるのと同じ、メイドさんの背後から3人のメイドさんが現れた。

「お世話します、むこどの」

「ふふ、おせわチャンス到来」

「お嬢様を泣かせるなんて、あなどれない。これが、竜殺し、ごくり」

気付けば、同じ顔をした人形のようなメイド集団に囲まれる。見た目からは想像もつかないその力強さ。わっしょいわっしょい、複数人に持ち上げられて運ばれて。

「…………うん、まあ、もういいや」

遠山が目を瞑《つぶ》り、そのまま抵抗するのをやめた。あまりにも空気の寒暖差が激しすぎて、全ての思考が回らなくなったのだ。

わっしょい、わっしょい。メイドに運ばれるスーツ姿の男。

天窓を突き破り、目に涙を溜《た》めて空へ逃げた竜。

そしてそれを素ジャンプで追いかけた老人。

カオスな状況に哀れ取り残された冒険都市の権力者たち。

「……やっぱり、古代ニホン語の、塾、いってればよかった」

「……です、ね」

とばっちりでぶっ倒れてビビりすぎてキラキラまみれの辺境伯、割と平気そうなギルドマスター。

彼らの声は割れた天窓から広間に迷い込んだであろう、ピチチチと歌う小鳥の声に混ざっていた。

◇アリス◇イン◇スカイ◇

きらいって、ゆわれた。

嫌いだと、言われた。竜なのに、オレのものなのに、嫌いだと言われた。

「うう…う、うううううう」

飛ぶ、翼をはためかせる、もっと遠くへ、もっと高くへ。雲を突き破り霞《かすみ》をぬけて、オレは大空へと逃げていく。

「にげる……？　オレは、逃げたのか」

ふわり、世界は丸いとわかる空からの光景、ヒトの身体《からだ》にはちと寒いその空気の薄い場所で浮かびとまる。

青と白しかない空の世界、竜だけにゆるされた世界にオレは逃げ込んだ。

オレは今、明らかにおかしい。自分が自分ではない感覚にあの時からずうっと。あの時、あの黒髪の奴隷、オレを殺した男と再会した瞬間から、オレはおかしくなった。

「……きらい、か」

オレの声は誰もいない空にむなしく漏れて、すぐに消える。

奴《やつ》に言われたその短い言葉、それを思い出すたびに胸がきゅっと痛んだ。なんなのだ、これは。意味が解《わか》らない。

「あいつは、このオレ、蒐集竜の言葉を拒んだのだぞ、万死に値する」

頼む、オレの心、オレの魂よ、怒ってくれ。竜の誇りにかけてオレをコケにしたあの小さき者に思い知らさなければならない。

「オレは、竜だ、竜なのだ」

ヒトとは違う、卓越した存在。この世界に選ばれ、すべてを決める権利を持つ存在。オレだ。オレが選ぶ、オレが壊す、オレが護《まも》る、オレが手に入れる。オレが決める。世界はそういう風にできているはずだ。

すべてオレの思い通りになる、世界は簡単で単純で、そしてつまらぬ。オレの思い通りにならないことなど存在しない。今までずっとそうだった。これからもそのはずだった。

「なのに、なぜ、奴は――」

ヒトも同じ、つまらぬ。変化の申し子と呼ばれておきながらその実は下らぬ弱き定命のものばかり。

――蒐集竜様（怖い、恐ろしい）
――いと尊き護り竜様（その焔《ほのお》、間違ってもこちらへ向けるなよ）
――なんとお美しいお姿（ああでも、あの目、なんて、冷たい）
――われらが竜よ、教会はあなた様とともに（ぎゃー、こっわ、こっわ、マジこっわー！　ほ、ほほほほ本物の竜！　こ、こんなの天使教会の総力でぶつかっても勝てるかわっかんないじゃないのよ！　個で群を滅ぼすなんてずるすぎてワロタ。ほんぎゃー、でも、竜との良好な関係は必ずオカネになるわ、大丈夫よ、私、がんばれ私、天使教会主教はうろたえない！　カノサ・テイエル・フイルドはクールに去るわ！）

一部変なのはいるが、奴らはいつも、うそばかり。耳に届く言葉と、オレの目に映る奴らの心はいつも別のものだ。ヒトなど、竜にとっては、心すら簡単に読める下等種族で。

――嫌いだ（嫌いだ）

「あ……」
頭がおかしくなる。オレは青い世界の上、もっと青の濃い場所へと昇っていく。星々にもっとも近い世界、空と星のはざま、濃い蒼《あお》だけの世界でオレは惑う。

あいつの言葉には、嘘がなかった。ヒトはみな、舌に乗せる声と、内側に宿した言葉が違う生き物のはずなのに、奴は何一つ、嘘をついてはいなかった。だからこそ、今突きつけられたその言葉はつまり、オレが人界にきて初めて聞いた真実。

「きらい……」

奴の言葉を反芻《はんすう》するたびにくるしい。ありえない、なんだ、これはオレは何をされた？　毒でも盛られたのか？　奴の顔、声、匂い、言葉、身体がおかしい。

「――殺さねば、ならぬ」

許しておけるものかよ、奴はオレになにかしたのだ。そうだ、オレは何を考えていた、何が竜殺しだ。このオレに逆らったのだぞ。一度ならず二度までもオレに逆らったのだ。竜たるオレを奴は下した、ああ、許せぬ、なんと素晴らしい、憎たらしい、なんと美しい、違う！　愚かな奴なのだ。

ああ、なんといとおしく、面白い存在――

「あ、アあああああああああああああああああああ」

怒りたいのに、怒れない、憎みたいのに、憎めない。

頭がおかしくなる、ああ、我が翼よ、奴のもとにはばたけ。ああ、我が喉よ、奴に金色の焔を浴びせよ。オレの心、怒れ、狂え、憎め。頼むから、奴を、あのヒューム《人類種》を、あの男を許さないでくれ。

「オレは――」

――欲望のままに

また、奴の声が耳によみがえる。胸が熱い、奴に抉《えぐ》られた心臓が、奴からもらった傷がうずく。ああだが、なぜだろう。それが不快ではないのだ。甘くしびれるような感覚が身体にひろがっていく。

「ああ、その眼《め》」

思い起こすは、あのヒューム《人類種》の目。オレを獲物と認め容赦なく追い詰めた狩人《かりゅうど》の目。

「ああ、その言葉」

よみがえるは竜の決定をあざ笑う耳ざわりな言葉、不快な笑い声、だけどもそれがどうしてもまた聞きたくてしかたなく。

「どうして」

奴がわからない、奴が理解できない、それがくるしい。なぜ奴がオレに逆らう、なぜ奴はオレに従わぬ、なぜ思い通りにならない。なぜ。

その心はなんだ、心をそのまま舌に乗せたその声はなんだ。戸惑いですら、次第に心地よくなっていく。奴のことを考えると苦しくなる、なのに、オレはそれを止められない。

「いやだ」

オレが壊れていく、オレは完成されているはずだった。世界はつまらぬ、なにも面白いことも、たのしいこともない。それはオレが完成しているから。苦難も困難もオレの障害にならぬから。

苦しみがないから、たのしみもなかった。それでほんとはよかった、なのに。

「竜、殺し」

オレの竜殺し。オレだけの竜殺し。

奴がオレを殺した。だから、オレは壊れ始めている。ああ、怖い、これが恐怖か。今までの自分が消えていく、世界をつまらないものとして、退屈を感じていたオレが消えていく。怖いのに、その感覚がどんどん悪くないものに変わっていく。

「ああ、お前がわからない、お前が許せない、許したくないのに、オレはお前と話がしたい」

話がしたい、なぜと聞きたい、何を考えて、どうやって生きて、何を幸せとするのかを聞きたい。奴のことが知りたくてたまらない、奴が欲しくてたまらない。オレの竜殺し、オレの蒐集品《しゅうしゅうひん》、ああでも——

「お前は、オレのものではないのだな」

奴の姿が焼き付いて離れない。そのどこまでも冷酷で、どこまでもいびつで、どこまでも自由な姿が消えない。

「嫌われて、しまったものな」

きらい。あの言葉は真実だった。竜はヒトの嘘がわかる。トオヤマナルヒトの言葉は、心は、そうだ、初めて出会ったときも全部、全部、嘘《うそ》がなくて。

「とてもきれいだった」

オレは今日、ひとつ新たなることを知った。誰かに嫌われてしまうとその誰かとは離れてしまうことを知った。いやだ、やだ、いやだ。きらわれたくない、オレの竜殺しにきらわれたくない。オレの竜殺しと離れたくない。

「ぐすん」

悲しい。その言葉だけは知っていた。意味はわからなかった、今日この瞬間までは。

ああ、オレは今悲しいのだ。オレの欲しいものはオレのものにはならない。力で押さえつけてもアレはきっと手に入らない、蒐集《しゅうしゅう》竜《りゅう》たるオレの勘はそう告げていて。

「ああ、やだなあ」

とても、くるしい。だから、オレは身体を丸めて、目を瞑った。

竜界を出れば、たのしいことが待っているとおもっていた。だがそんなことはなく世界は変わらず退屈だった。そのはずだったのに、ああ、目を瞑ればいやでもその姿がまぶたに張り付いている。

「竜殺し……」

　眼を瞑ったまま、オレは奴をつぶやく。オレを殺した男を。その笑い顔、その匂い、すべて鮮明に。だがそれはもう手に入らない、奴に嫌われてしまった、竜とヒトの関係など選ぶか選ばれないかしかないのに。

「オレは、選ばれなかったのか」

　シンプルな答え、きゅうっと鼻の奥が痛んだ。

　自分が触れたいと思った存在に拒絶されるのがここまで辛《つら》いことだとは思わなかった。だって拒絶されると思っていなかった、オレは竜で、奴はヒトだ。だから、今回もすべてオレの思い通りになると思っていた。

　胸の傷が痛む、おさえてもおさえても締め付けるような苦しみが消えない。からっぽで、足りないのだ。

「……オレは、どうしたらいいのだ」

　答えはわからない。今まですべて思い通りになってきたから、思い通りにならないことをどうすればいいのかわからなかった。

「ようやく、本気で思い悩む貴女《あなた》様を見ることができましたな」

　竜のみに許された世界に、鳴った声。オレは目を開いた。

「お嬢様、帰りますぞ。貴女は今、あの男から決して逃げてはなりませぬ」

じいやがいた。翼もなく、竜でもないじいやが当たり前のように空に浮いている。

「やだ……これ以上、みじめな思いをしたくないのだ。よくわかった。オレは奴を怒らせてしまったのだ。オレは竜だ。欲しいものを手に入れる手段など力で押さえつけることくらいしかやり方がわからない。だがそれをしても意味がないのだ」

自分で自分が怖くなる。オレはこんな弱音をはくほどに弱かったのか。もう逆に笑えてきて。

「やり方がありまする。お嬢様、かの者をツガイにせずとも、ヒトと竜、いや意志あるものが隣り合う方法がございます」

「……な、に？」

じいやの言葉に、オレの血肉が蠢《うごめ》いた。

「お嬢様、貴女は今、成長しようとしている。成長には痛みが必要なのです、貴女はただの竜ではない、最もヒトに近き竜、あの全知の竜よりも深くヒトに関わる竜なれば。貴女は今、痛みとともに、幼年期を終えようとしているのです」

じいやの鋭い眼、ヒトの身体《からだ》では息をすることすら難しいはずの空の世界でよどみなく言葉をつむぐ。

さすがは、おばあ様の竜殺しなだけはある。心を読むことができない、ヒトを超えたナニカ。

「お嬢様、貴女は決してあの男をあきらめてはいけない、お嬢様の竜殺しです、決して手放してはなりませぬ」

「むりだ、だって、オレ、きらいっていわれて……」

鼻の奥の痛みがついに、瞼《まぶた》の裏側に。

眼が、続けて頬が、冷たくて。

「泣かないでよろしい、速やかにたちあがりなさい、蒐集竜」

「え……」

じいやが、いつのまにかオレの眼をのぞき込んでいた。

「本気で無理だと思っておられるか。竜たるあなたが、ヒト1人にそこまで乱されてどうなさる。誇りを思い出せ、蒐集《しゅうしゅう》の竜よ」

「……貴様、だれに口を聞いておる、いくらじいやといえども、オレをそのような眼で見るのは許さぬ。オレを誰だと思って――」

その眼は、じいやのオレを見る眼はどこまでも――

「小娘、男にフラれていじける、ただの小娘にほかなりませんな」

「――あ？」

殺す。竜としての本能、暴力と残虐性がオレの身体に熱として広がる。

こやつがオレより古い存在であること、心も読めぬ理《ことわり》の外、オレより強い存在であることなど関係あるものか。右手を向けて。

「遅い」

「ぎっ」

ねじり。

気づけば腕を無造作につかまれ折られていた。悲鳴だけはあげないようにかみ殺す。

「き、様、主《あるじ》に手をあげることなどないのではなかったか？」

「我が主は、一度の敗北で折れるような者ではないもので。……お嬢様、貴女本当にこのままでよいと思っておいでか」

「な、に？」

腕をひねりあげられたままに交わされる問い。

「退屈だとのたまって強者ぶっていたかと思えばいまはその体たらく。竜が聞いてあきれますな」

「きさま」

言い返す言葉がない。報復する力も、暴力も届かぬ。

「貴女はまだ、挑むことを知らない。なんどでも言いましょう、蒐集の竜よ、貴女は成長しなければならない。選択の時がきたのです、そのまま凡百の竜と同じ孤独な超越者としてあり続けるか、はたまた別の何かになるのか」

「う、ぐ、う、うるさい！　うるさいうるさいぞ！　オレは、オレはもうわからないのだ！　嫌いと言われた！　あ、あやつの言葉に嘘はなかった、本気なのだ！　本気で嫌われたのだ……あやつはもう手には入らぬ！　オレは苦労や試練が素晴らしいものだと思っていた！　それがあるからこそ喜びや楽しみがあるのだと！」

だが違った。苦しいことは苦しいし、悲しいことは悲しい、ただそれだけだ。

「もういやなのだ！　わからない、苦しいし、オレはおかしくなっていく。こんなものはいらない。悲しみも苦しみも、オレには必要ないものなのだ！」

いらなかった、退屈でよかった。あれほど、焦がれて求めていたはずの苦難はオレの幼稚な想像を超えていた。

こんな思いをするのならばオレは退屈なままでよかった。おとぎ話の正体もつまらないままでよかったのだ。

ああ、なぜだ。自分の声だというのに、オレはオレの声がうっとうしくて。

「だが、かのものはそれを背負うと言ったのです」

「あ――――」

じいやの言葉、喉が詰まった。

「貴女の竜殺しは言いました。苦しみも苦労もすべて己の物だと。傲慢に、強欲に、気高く言いました。貴女様はそれを見て、聞いてどう思われましたか？」

「あ、う」

美しかった。

オレの金色の髪角や、うろこよりも。すべてを己の物だと言い切った奴《やつ》の姿、それはただひたすらに美しいものであった。

まるで、幼き頃、お母様に聞かされたおとぎ話のように輝いていた。

「答えてくだされ、お嬢様。貴女は己の竜殺しをどうしたいのですか？　貴女の求めることとはなんですか？」

じいやの問いは冷たく、短い。だからこそオレはその問いから逃れることができない。高き場所、星と空のはざま、空気の流れる音が広がっていって。

「……仲良くなりたい」

空の音が消えた。心を言葉に変えた瞬間、もうオレの声しか耳に入らぬ。

「オレは奴にひどいことをたくさんした。奴を見誤り、己の都合を押し付けた。嫌われてしまった。だが、オレは奴ともっと話してみたい。奴のことを知りたい、触れてみたい奴に、恥ずかしいけど、名前を呼んでほしいのだ。奴を、あきらめたくない」

心が漏れた。言葉にしたら簡単なことだ。ただオレは奴と仲良くなりたいだけだった。

「オレはどうしたら、奴と仲良くなれる？　オレにとって理解できぬあの男とどうすれば触れ合うことができるのだ？」

それが恥ずかしかった、だから竜として、ツガイとして奴を手に入れようとした。儀礼的な形をとればその心をありのままに見られているような恥ずかしさが少し和らいだから。

「答えはでております。お嬢様、速やかに立ち上がりなさい。あなたは一度失敗した、かの者に敗北したのです。だがそれで終わりではない。成長の時です、己の欲しいものが手に入らない苦しみ、それを克服する方法は一つだけです」

オレは、じいやの言葉を待つ。誰かの言葉を、急《せ》かすことなく待つのははじめてだ。

「立ち向かい続けること。お嬢様、これは試練、いえ、貴女の初めての冒険です」

「ぼう、けん?」

心臓が、蠢く。奴に抉《えぐ》られた胸がどろりと弾んだ。

「手に入れなさい、成長し、学習し、困難に立ち向かい続けるのです。あなたは蒐集の竜、欲しいと思ったのならばその心に嘘をついてはなりませぬ、あの男を、竜殺しを墜《お》とすのです」

ぼうけん、なんと良い響きだろう。ああ、奴も同じことを言っていたぞ。じいやがオレの腕を離す。めきめきと肉と骨が蠢き、傷ついた身体が再生していく。

「それだけが、貴女の空白を、退屈をいやすことができる唯一の方法でございます」

空の音がよみがえる、世界は常に動き続けている、世界が胎動する音が今はただ心地よく。

「冒険に挑むのです。蒐集、ヒトの概念をその名として生まれた護《まも》り竜よ」

オレは、心臓が鳴り響くのを感じた。ああ、いい景色じゃないか。

「冒険にはたどりつくべき景色が必要です。お嬢様、蒐集の竜よ、貴女様のたどり着きたい景色はどこですか？」

星に最も近き場所、濃く蒼《あお》い世界の中。

オレは、オレの景色を見た。オレの願いを見つめた。

「これを一緒に見たい」

竜だけに許された世界、この大空を奴に見せてやりたい。吸い込まれて、世界に抱かれているようなこの空間に奴を連れていきたい。

奴はこの空を見て何を感じるのだろうか、奴はこの世界を気に入ってくれるだろうか。

「決めたぞ、じいや」

オレの蒐集品、オレが尊いと思うものを、竜殺しにも見せてやりたい。

「奴を墜とす、いつか必ず奴をここに連れてくる。ああ、オレは頑張るよ」

気分がいい、風が渡る音、海が広がる音、世界の呼吸がすべて届く気がした。

冒険を想《おも》う、オレの冒険は奴と仲良くなること、嫌われてしまっているだろう。だがその恐怖よりも、胸の鼓動のほうが強い。

ちょっぴり怖くて、すごく——

「これが、たのしみ、という奴か」

頬が緩み、口角が上がっていく。悪くない感覚だ。

「それでこそ、我らが蒐集の竜にございますれば。では善は急げということで。さっそくかの者に会いにいきましょう、なにご心配めされるな。われらは身命を賭してお嬢様のぼうけんをお助けする次第にございます」

「う、うむ。ちと不安であるが、やるしかないだろう。して、じいや、何か策は？」

オレの言葉に、じいやが今までに見たことないような、俗でいやらしい笑みを浮かべて。

「古き世、あの永い大戦よりもずっと遥《はる》か昔、人々が空に輝く星空に手を伸ばしていた時代、第二文明より残っている言葉に、答えがございます」

「な、なにを言うておるのだ、じいや」

「裸の付き合いという言葉にございます、んっんー、良い言葉ですなあ」

「……じ、じいや、貴様、何を考えている？」

オレの問いに、じいやは答えず、ただニコニコと微笑《ほほえ》み続けるだけであった。

嫌な予感、竜は勘もいいのだ。

――ほらね、いったでしょ？　たいくつはおわるって。

聞こえるはずのない声、竜と超越者しかいない空の世界に、声が届いた。オレは本気でその声がどこから届いたのかを探す、しかしそれもわからず。

蒼い世界の中、戸惑いとともに、オレの退屈は終わった。

ぼうけんが、はじまったのだ。

◇◇◇◇

「おっふぁ、あああ、なんで俺、殺し合ったり殺し合いしそうになったやつの家で風呂はいってんねん、あああああ、溶けるうう」

かっぽーん。

温泉だ。浴場だ。もうそれ以外にない。

無表情のくせしてやけに自己主張の強いメイドさんたちにわっしょいされ、身ぐるみ剝がされて放り込まれた場所は、これまたバカ広い浴場だった。

「すげえ風呂。スーパー銭湯を超えたハイパー銭湯だな」

思わず知性の低い言葉でつぶやく。遠山《トオヤマ》は湯に溶けながらその豪華な浴場を改めて見回した。

金ピカのライオン像の口から白く濁るお湯がドバドバと。広い浴槽の縁や中心には美術館に置いてありそうな様々な像が飾られている。

　大理石っぽい石材で囲われた浴槽は人間１００人が入ってもまだ余裕がありそうなほどに広い。

「……あああ、でも、やっぱ、温泉、いい。あー、もう、全部どーでもいいわ。あああああ」

　気持ち良すぎて心地良すぎる。湯が身体《からだ》に染み込み、脳がとろける。

　つまさきから頭のてっぺんまですべて心地いい。汚れと一緒に疲れも、豊かに湧く温水に溶けていくようだ。身体の細胞１つ１つにしみ込むような心地良さに大きな唸《うな》り声《ごえ》を上げながら温泉を満喫する遠山。

「……アイツ、泣いてた、な」

　そんな心地良さに棘《とげ》がささる。

　あの鎧《よろい》ヤローのしょんぼりした声がふと脳裏を過《よ》ぎった。

「いやいやいやいや、泣くのは反則だろ。なんなんだ、アイツ。初対面で舐《な》めた感じにぶっ殺そうとしてくるくせに、あの謎の好感度の高さはマジでなんだ」

　そうだ、初対面は最悪だ。遠山の最も嫌悪するタイプ。

　強く、その強さを振りかざすタイプ。ノミよりも思考の浅い迷惑な奴。

「……悪くねえ、俺はなんも悪くねえ筈《はず》だ。てか、そもそもぶっ殺したはずなのに、なんで当たり前のようにリスポンしてんだ」

殺した、それは確実だ。だが終わりではなかった。次があったら活《い》かせよ、とかカッコつけてたらマジで次があるとかギャグだろ。

「はあ……くそ、気持ちいいのに、面白くねえ……」

深く深く、お湯の中に沈む。

ああ、気持ちいい。湯気を吸い込むとそれが身体に満ちていく。信じられないほどの力が湧いてくるような感覚。

湯気に覆われるたびに回復していく気力、ふと思考が回る。

そういえば、さっきのあのメッセージ、スピーチ・チャレンジ。アレはなんだったのだろうか。遠山は自分の口元に触れる。口が回り、舌が踊る、竜と執事を前に啖呵《たんか》を切ったあの不思議な高揚――

「婿殿、どうですかな、お嬢様が誇る竜大使館大浴場、〝竜の泉〟の湯加減は?」

「ああ、正直、最高っす。なんか温度も熱めでこの大理石の浴槽も背もたれがついててすごく、いい。寝れる……嘘《うそ》だろ……爺《じい》さん、アンタ、いつからそこにいたよ……」

遠山が額に手をやって俯《うつむ》く。

ありえない、ほんとなんなんだ、この爺さん。

いつのまにか、遠山独り占めだったはずの浴槽に、筋骨隆々の執事も、かぽーんと。

「あなたさまがメイドたちに身ぐるみ剝がされた所あたりですかな。先に頂いておりました」

口髭《くちひげ》を撫《な》でながらほっほっほっと笑うその様子からは先程の凶暴さは一切見つけられない。

「………俺が風呂に入った時は誰も、人っ子一人いなかったはずですが」

「ほほほほほ、執事の嗜《たしな》みにございますれば」

そんな嗜みがあってたまるか。遠山はじとりとにらむが老人は気にした様子はない。

「……お嬢様とやらは追いかけなくていいんですか？」

遠山がぼそりとつぶやく。

「ほほ、ご安心めされよ。既に確保して、今は寝室にておやすみ中にございます。よほど、あなたさまに言われた言葉が堪《こた》えたようでして。ふて寝、というやつですな」

「……意味わかんね」

ずきり。また、だ。どうもおかしい。何か気分が悪かった。

「婿殿、あなた、やはり不思議な人ですな。この状況、恐ろしくないので？　私、誠に恐縮ながら先程は本気であなたを、殺そうとしていたのですが」

「やっぱり殺す気だったんかい。……まあ、そりゃ怖いですよ。アンタは間違いなく俺より強い、化け物だ。まあでも、ほら、風呂頂いてるし、あんま常にケンカ腰なのも失礼だなって」

殺し合いかけた仲なれど、温泉の中では全てがノープロブレム。この空間での争いはご法度だ。

温泉の中で争うなど野蛮すぎる。この世に絶対悪があるとすればそれは裸の場でマナーの悪い奴《やつ》だ。古代ローマ帝国の時代から決まっている。

「しつ、れい？……ククク、ハハハハハハハハハ!!　これは、これはいい！　失礼、ですか、ハハハハハ」

キョトンとした様子から一転、執事が背もたれに身体を大きく預けて大口を開いて笑い出す。

「なんかそんな面白いこと言いました？」

「いえ、なに、竜からの求婚を断ったヒトが、真面目な顔で礼儀の話をされるので、つい、くくく、これは、いい」

まだ笑いが溢《あふ》れている。愉快で仕方ないとばかりに老人は静かに肩を震わせ続ける。

「……爺さん、答えてくれ。あの女。あれはたしかに俺が殺した筈の鎧ヤローだ。それがなんでぴんぴんして、あまつさえ俺に好意を、いや、特別な感情を抱いてる？　ソレがわかんねえ」

遠山が心のままをぼやく。お湯に当てられてあまり頭がうまく働かない。

「本気で仰《おっしゃ》られていますのかな？　婿殿は帝国の出ではない……？　いやしかし、王国であれ竜の話は幼子でも知っている周知の事実のはず……、むしろ王国では竜信仰が盛んでは？」

「あー、……その、ここよりきっと遥か遠いところが故郷なんですよ。ずっと遠い、帰る方法もわかんねー場所。それで親もいなくて孤児だったもんで、学がねーんです」

何一つ嘘はついていない。あのエルフの言う通りならばニホンがおそらく、もう遠いこと。身寄りのなかったことに関しては何一つ、嘘はない。

「ふむ、故郷というのがどこなのかは気になりますが、孤児、なるほど。そういうことならば……あなた様は竜に関してはどれくらいのことをご存知で？」

「お？　俺に竜を語らせると長いですよ？　竜、ドラゴン。神話においては数多《あまた》の英雄への試練や、天よりの災害の象徴として描かれる爬虫《はちゅうるい》類の特徴を持つ空想の生物。西洋における捉え方と東洋における竜の捉え方は異なり——」

ピコン。

【技能〝オタク〟自動発動】

すらすらと遠山にとっては基礎教養であるファンタジーの話を始める。もちろん早口で。

「竜は7つの命を持っております」

「東洋においては自然の権化……あ？　7つ？」

オタクの早口を止めたのは老人の静かな言葉だった。

「はい、7つ。ヒト、定命の者であるならば制限があり、そして1つしかない命。竜は生まれながらに世界より7つの命を与えられ生まれてくる上位生物」

7つの命？　なにそれチートかよ。遠山が目を細めてこの言葉を聞く。

「不老。不死ではないがそれに限りなく近い完璧な命。その力は強く、〝魔術式〟も〝スキル〟も〝秘蹟《システム》〟すら関係なく、ただ一瞥《いちべつ》するだけで世界に影響を及ぼすことすら可能な理《ことわり》の外の存在、それが竜です」

老人の身体には大小の傷痕が残る、そのいくつかは爪痕にも視《み》えた。

「傍若無人に振る舞い、好きなように生きる。そこに他者への思いやりや、世界への配慮など存在しない。全ては己の気分のままに、自らの愉《たの》しみのためだけに生きる、それが竜という生き物、ソレが許された生き物なのです……そのはずでしたがね」

「……そのはずだった？」

首を傾《かし》げる遠山に、老人が視線を返す。その眼差《まなざ》しはどこか優しく、そして今まで遠山には向けられたことのない類の表情。

――憧憬。

「ええ、ソレが竜です。だが今日、全てが覆ってしまった、ある男が竜との婚姻を断り、あまつさえ、ククク、その全てがいらない、と言い切ったのですから」

愉快げに老人が喉を鳴らす。

「そりゃそうだろ。ウキウキして買った大作ゲームを始めた瞬間、エンディングが来てみろ、戦争が起きるぞ戦争が」

あの時の気持ち、言葉に嘘はない。

欲望のままに。それが遠山鳴人《ナルヒト》の生きる指針であり、絶対のモノだ。その欲望は安易な完成を決して認めない。

「はて。あなた様は時折、不思議な言葉を使われる。ほほほ、個人的にあなたに興味が湧いているのですが、それを聞くのは私の役割ではないですな」

「あ？」

音もなく、老人が湯船から立ち上がる。そしてそのまま90度に腰を曲げ、頭を下げた。

「婿殿、この度の度重なる無礼、重ねてお詫《わ》び申し上げます」

「うわ、すげえ身体」

老人の言葉より、遠山の目はその練り上げられた身体に釘付《くぎづ》けとなる。遠山とて身体が資本の生業のため鍛えている、ゆえに解《わか》るその肉体の異常。

どのような、一体どのような鍛錬に身を晒《さら》せば人の身体がそのような陰影を生むのか。その身体はルネサンス期の彫刻よりも遥《はる》かに、神々しく。

「……あなた様をみくびり、安易に脅したこと、言い訳のしようもありませぬ。この老骨の命までのものでしたらなんなりと、その代償に捧《ささ》げまする、だが、どうか、どうか、恥を承知で我が願いを聞いてはくれませぬか」

「いやいやいや、たしかにあの瞬間は俺もカチンと来てぶっ殺すつもりだったけど、今はもう、完全に毒気抜かれてるよ、やめてください、マジで。ムカつくことはムカつくけど、まあ、温泉、入れてくれてるし」

90度を超えてなんか前屈みたいになっている老人を遠山《トオヤマ》が思わずいさめる。お湯に顔がつかりそうだ。

本心から、遠山にはもう老人に対するわだかまりは消えていた。温泉の中で敵意を保ち続けることができるニホン人は少ないだろう。

「おお、なんと寛大なお言葉か！　では願いの方なんですが」

にっかり。

すごい満面の笑顔。どこか図々《ずうずう》しさすら感じるような。

「は？　待て、爺さん、アンタの詫びはいらねえけど、願いとかなんとかは別――」

「お願い申し上げます!!　婿殿!!　アリスお嬢様とのご婚姻、今すぐとは申しません、二度と力による平伏を求めることも致しません、ですが、何卒《なにとぞ》、もう一度チャンスを!!　まずはどうでしょう、おトモダチから始めては頂けませんか!?」

「と、トモダチ？」

また音もなく老人は湯船につかる。さりげない身のこなしが化け物の証左だ。

「そうです！　友です！　このベルナル！　初めてです!!　お嬢様にお仕えして早100年!!　その100年の中で初めてお嬢様は、他者を鑑みるということを、今日初めて行われたのです！」

「あ、は、はあ……」

「これがどれだけ異質なことか!!　あの竜が、あなた様を、あなた様たった1人のために矛を収めた！　あなた様に嫌われたくない、その一心で自らの行いを省みようとしている！　これは兆しです、お嬢様が真の竜になる、いいえ、彼女は今、成長しようとしている！　他でもないあなたというヒトのおかげで！」

「いや、いやいやいやいや、待て待て、そんな大層なことか？　なんなんだ、アイツほんと」

「竜はご存知の通り、世界のバランスを司《つかさど》る存在でもあります。竜の名前とはすなわち、それぞれが均衡を保つ世界の概念そのもの。〝蒐集《しゅうしゅう》〟、超然的かつ世界そのものに息づくものが多い竜の中でお嬢様の名は異質そのもの。本来、竜にはなかった概念なのです、何かを集め、何かを愛《め》でて、何かを己《おの》がものにする欲望というものは」

「ん？　いやまて、古今東西、竜ってのはお宝が好きだったような気が」

「む？　どこの竜でしょう？　少なくとも私はお嬢様ほどヒトに近い竜を知りませぬ。そう、彼女はとても、ヒトに近いのです。欲望、何かを求める心、それこそがお嬢様の司るバランス。それはヒトが最も濃く受け継ぐ性質。つまり、蒐集竜《しゅうしゅうりゅう》とはどの竜よりもヒトに近く、人界に強い影響を及ぼす竜なのです！」

「あ、はい」

「お嬢様は他の竜とは違う。蒐集竜というヒトに近いその存在は今の在り方のままではいずれ、確実に歪《ゆが》んでしまう！　お嬢様は他の竜と同じ超越者になるべきではないのです、彼女にはヒトが、共に並び立てるヒトがどうしても必要なのです、彼女の行いを諌《いさ》め、彼女に歯向かうことのできる人間が！」

「……アンタでもいいんじゃねえの、それ」

そうだ。並び立つというのならば文字通り、この老人でいい。

遠山は一流ではないし、選ばれた者でもないがそれなりに鉄火場に馴染《なじ》み、命の奪い合いを仕事にして生き残ってきた人間だ。

故に、分かる。

この老人が生物として遥か高みにいることを、下手をすれば、鎧《よろい》ヤロー、いや竜よりも……。

「私はすでにヒトではございません。ヒトのままいることが出来なかった、弱者です。私ではお嬢様と対等の位置には立てない。竜に並び立つべきはヒトなれば」

「なにもんだよ、アンタ」

「私のことはどうでもよいのです。私は今日、あなたのその欲望に気高さを見ました。竜の威にも、超越者の圧にも負けぬ、歪み、捻《ねじ》れ、壊れている、しかし、あなたの姿、欲望を叶《かな》えるための辛苦すらも我がものと言い張るあのお姿！　確信いたしました、あなたしかいない、お嬢様と並び立てるのは、お嬢様の友になれるのはあなた様しか！」

「う。うーん、テンションの落差がどうもなあ。俺、アイツに殺されかけたし、何より気に入らねえのはアイツ、人を楽しんで試していた。トカゲ男のラザールと俺、殺し合わせようとしてた奴だぞ」

　やはり、そこだ。

　あの態度、今思い出しただけでもむかついてくる。

「む、ぐ。たしかに竜と残虐性は切り離せないものです。ヒトが食べて寝て犯すのと同じように、竜は他者をいたぶり支配することが欲求として備わる生物。お嬢様にもそのような面があるのは事実、しかしそれは幼子のそれです。善悪、これもヒトの概念ではありますが、善悪の判断すらついていないのです、あの方は。ヒトと共にあるべき竜なのに、それを彼女に教えてやれる者がこれまで現れなかった……いえ、言い訳にしか過ぎないことは存じておりますが」

「ああ、なるほど。ガキの時にカマキリ捕まえてケツを水に浸して寄生虫ひりだしたりして遊ぶのと同じか。ガキって残酷だし、なるほど、それならわからんでもないな」

少し親近感。遠山が頷《うなず》きながら答えると——

「え、それは、なんでしょう、若造、お前、まじか。少し、引くわ……」

割とドン引きしている老人がそこにいた。

なんだろう、すごく裏切られた気分だ。

「爺《じい》さん、素が出てんぞ、素が」

言いながら遠山は少し思う。善悪の区別のつかないガキ。言い得て妙だ。


——興じさせろ。

——退屈しない。


ああ、たしかに思い返してみればそんなことを言っていた気がする。

間違いを教えてくれる存在も、諫《いさ》める友もいない孤独な竜。その姿がふと瞼《まぶた》に浮かんだ。

「……泣くのは反則だろ」

自分と少し、似ている、そんな気がした。事実遠山は割と自覚がある。自分の感性や考え方が少し常識とは乖離《かいり》していることに。

だがそれでも、善悪の区別がつくのは一重に周りに他者がいたからだ。子ども時代にはいなかった。思春期に求めはじめ、そして探索者になり、ようやくわかったもの。

仲間、友人。遠山にとって命を賭ける価値があったもの。彼らと出会えなかった自分を想像する。

ソレがどうも、あの金髪女。いや、蒐集竜とかぶるのだ。

「……やはり、虫が良すぎる申し出でしたな。……いや、すみませぬ、しかし、これだけはご理解頂きたい。お嬢様があなたに抱く気持ちに嘘《うそ》はない。あの方は、初めて対等に、誰かを尊んでおられる。あなたの在り方を尊び、あなたを想《おも》っておられる、その気持ちだけは――」

まだこの老人は諦めない。よほど、あの竜が大切らしい。まるで孫にどうしても友達をつくってやろうと努力するどこにでもいるおじいちゃんみたいだ。

遠山は、またため息をついた。独りの辛《つら》さを反芻《はんすう》して噛《か》み締めて。

「……竜ってのは、礼儀を知らないのか？」

ああ、もう。絆《ほだ》されたわけじゃない。ただ、筋が違うと思っただけだ。

「……ほ？」

「保護者がガキ同士の諍《いさか》いに首突っ込んで、仲直りしてくれとか、ダサすぎるだろ。本人が来い、本人が」

本人がいないのに、何を話すと言うのか。ぐしゃぐしゃと癖っ毛をいじり遠山が吐き捨てた。

「お、おお、ま、まさか」

「まあ、その、あれです。考えてみれば俺、アイツ一度ぶっ殺してるわけだし、心臓にナイフ突き立てて念入りにトドメ刺したりもしたわけで。……まあ、もう二度と俺を殺そうとしたり、ラザールに手を出さねえんなら、その……まあ、お互い様なわけで」

クソ、なんか逆に恥ずかしがってキモい感じになってしまった。誰へ言い訳してるんだ。遠山が誤魔化すためにばちゃばちゃとお湯をすくい顔にぶつける。

ちらり、急に静かになった爺さんを一瞥《いちべつ》すると。

「……私はいま、猛烈に、感動しております……炎竜のナルシスト野郎とのケンカを終えた時と同じ、感覚。これが、感動……」

音もなく老人が涙を流す。

「あ、あの、爺さん、なんか、その静かにボロボロ泣くのやめてもらっていいです？」

「婿殿!!　いえ、友人殿!!　竜殺しよ！　今のお言葉、嘘はございませぬな!!」

がばり。マッスルジジイが遠山の肩をがしりと摑《つか》む。大きくそして職人に彫られたかのような胸板が近い。

　生物としての危機感を感じつつ、遠山が叫ぶ。

「うげっ。力つよ!?　あ、ああ、嘘は言わねえです、だから、ちょ、揺らすな!?　頭プリンになるわ！」

「おっと、失礼!!　そして、あなた様の言うことはごもっとも!!　こういうのはたしかに当人同士の話し合いが肝要!!　では、あとはお若い2人に任せます！　お嬢様、ご健闘を！　勝ち目がありますぞ！」

「うえっぷ、て、嘘だろ、消えてる……なんだ、あのジジイ、ランプの魔人かなんか？」

　ぐわんぐわんと揺らされ、頭を押さえた瞬間、もう老人は消えていた。なんなんだ、本当あのジジイ。

「ふか、かか、爺やは塔級冒険者の中でも上澄みの中の上澄み。歩法と速度で、その、姿を暗ませるのは朝飯前よ」

「まさかの身体能力かよ。……おれ、恐ろしい相手に殺し合い挑もうとしてたな」

「か、か。まあ、でも、あれ、だ。あ、あの時の貴様は目が離せんほどに美しかったぞ」

「…………………もしかして、俺の後ろに誰かいる？」

　あまりにも自然にかけられた女の声。なんなんだコイツら、なんで俺毎回近付かれたの気づかないんだ。それは遠山と彼らとの絶望的な実力の差を示していた。

「だ、ダメだ、振り向くな。オレだ、オレがいる」

振り向こうとした瞬間、かぼそい声に遠山《トオヤマ》は動きを止める。

「Woh……」

ちゅぷり。遠山ががっくりと首を曲げて顔を湯につけた。老人の去り際の言葉を思い出す、お若い2人でとか、勝ち目があるとか――

ちゃぽん。お湯が鳴った。

普通に入ってきちゃったよ。ジジイじゃないよ、女だよ。

金髪碧眼《へきがん》の美竜が、隣、温泉に浸《つ》かって。

「か、かか……、ち、違うのだ、だ……メイド連中が今とてもお湯がいい感じに湧いているから、100年に一度の出来栄えだの、みずみずしさが感じられ肌に染み渡る泉質などと言うのだ、だから、その、決してそなたと一緒にお風呂に入りたいとかそういうのではないのだ」

目が自然と隣に向いてしまう。

金の髪は結われてまとめられている。髪と同化しているような角には雫《しずく》が垂れ、神々しさを。白濁の湯が隠しているだろう身体《からだ》のライン、しかし、見えてしまう真っ白の鎖骨や胸元、肩からその完成された美しい肉体が容易に想像できる。

「……お前んとこのメイドさん、副業でワイン作ってないか？　毎年11月に」

なんとか目線をまっすぐに戻し、平静を装う。

あ、だめだ、無理だ、ものすっごい、いい匂いするもの。なんで？　温泉の素《もと》入れた？

遠山は豪華な花のような香りに頭がおかしくなり始める。

それは間違いなく隣、肩を並べて湯船に浸かる女の香りで。

「じゅういちがつ？　む、確かに竜大使館では早夕の月になるとワインを作るが」

「ほんとに作るのかよ……えっと、俺、その見てねえから。ほら、目瞑《つぶ》ってるから、その、セクハラとか通報とか勘弁しろ」

そう、目を瞑ればいいのだ。大丈夫、冷静だ、問題ない。自分に言い聞かせる。

「せく、はら？　つうほう？　そなたは奇妙な言葉を使うな。まあ、その、オレの身体に恥じる部分など一切ないので本来ならば何も問題ないのだが、その、そなたにはあまり見せたくないのだ」

「見せたくないなら風呂入ってくんなや」

おずおず呟《つぶや》く女に思わず遠山が素で突っ込む。

「……やはり、怒っておるな……。きらい、だもんな、オレのこと」

ぴしゃりと言い放った遠山にか細い声が返ってくる。いや、もう涙ぐんだ声だ。

やめて、ほんとやめてそういうの。遠山はかなり焦り始めていた。

「いや、待て、なんだ、その殊勝な態度は……お前、ほんとにあの鎧ヤローか？」

「……り、す、だ」

「あ？」

「だから、その、オレは鎧《よろい》ヤローではないのだ！　名前がある！　お母様とお父様がつけてくれた名前が！」

ばちゃばちゃとお湯を叩《たた》き、彼女が叫ぶ。

「まあ、そりゃあるだろうが。あ、あの爺さんがそういや叫んでたな。えーと、確か」

遠山が頭を捻《ひね》る。そう、確かあの爺さんが垂直跳びで空に向かう寸前、叫んでいた。

この、女の名前を。

「アリス」

覚えていた、その名前を。

「ギャオウ」

女《アリス》が鳴いた。

えらく、そう、ドラゴン風の鳴き声で。

「え、今、なんか吠《ほ》えなかった？」

「は、吠えてなどおらぬ。オレは蒐集竜《しゅうしゅうりゅう》！　もう大人の竜なのだ、子どもの竜のように鳴くなどあり得ぬ！」

詰め寄ってくる女、遠山は目を瞑ったまま、またつぶやく。

「アリス」

「ギャウ」

また、女が鳴いた。どこか、嬉《うれ》しげな声色のような気がする。

「…………………やめよ、貴様はいじわるだ」

沈黙のあと、女がぼそりとつぶやく。

「あ、はい、すみません」

ギャオウって言った。ギャウって鳴いた。遠山はぼんやりと考える。

「…………じいやと何を話していたのだ」

沈黙を破るのは女の声。どこかムスッと、いじけてる風にも聞こえる。

「……多分、お前のこと。トモダチになって欲しいんだとよ。俺が、蒐集竜とやらの」

「な!? だ、ダメだ、そなたはオレのツガ、イ、……そうか、こういうのがダメだったな、おのれ、しゅうしゅうりゅ……」

ばちゃん。湯が弾《はじ》ける音。立ち上がったのだろう。ダメだ、目を開けたら覗《のぞ》きになってしまう。

遠山が必死にまぶたに力を入れて。

「蒐集竜はオレではないか!!」

がびーんと、元気な声が響く。なんだ、コイツ、ボケて突っ込んでまたボケたぞ。無敵か？

「うわ、もうなんだよ、お前そんなキャラだった？　もっと、こう、ムカつく感じの奴《やつ》だったじゃん、やめろよここでそういう無邪気な感じ出すの。念入りにぶっ殺した俺がすげー悪者みたいに見えるじゃんよ」

「ふ、ふふん、あの容赦のなさは素晴らしかったぞ。大戦初期の寝物語に聞いた〝狩人《かりゅうど》〟を彷彿《ほうふつ》とさせる容赦のなさ。かかか、竜殺しはそうでないとな」

「なんなのその高評価……正直、お前がなんでそんなに俺への好感度が高いかがやはりわからん。殺し、殺された、ソレが俺たちの関係だろ」

「…………だからだよ、ヒューム《人類種》」

やけに落ち着いた声色だ。

「あ？」

「……初めてだったのだ。オレに真正面から向かってきたヒトは。貴様が初めてだったのだよ。……オレも意外だったのだ。蘇《よみがえ》った直後、この身体を包んだのは怒りではなく興味、この魂に満ちたのは憎しみではなく、喜びだったのだから」

お湯がぶくちとはじける。湯気の中に映る彼女の横顔はそれ自体が絵画のようで。

「もう貴様のことしか頭になかった。なぜ、貴様はオレに逆らったのだろう、何故《なぜ》、貴様はオレの思い通りにならなかったのだろう。一度気にするともう、止まることは出来なかったのだ。ああ、そうだ、オレは欲望として貴様が欲しいのだ。知りたいのだ、眺めたいのだ」

「…………」

「その筈《はず》、だったのだが、……もう正直、よくオレ自身もわからん。かか、100年生きていて、何故だろうな。全て思い通りにしてきたのに、貴様も力ずくで手に入れればいいのに、……いやなのだ。それをすると貴様はオレを嫌うのだろう。いやなのだ、貴様に嫌われるのが、とても、……怖いのだ」

その最後の声は小さく、かぼそく。まるで独りぼっちで夜が来るのを怖がる迷い子の声。

「む、ぐ……」

気付いてしまった。

コイツは、ガキだ。そして、コイツは俺だ。

遠山は思う。コイツは探索者にならなかった時の自分自身だ。

世界との関わり方がわからない、他者への接し方がわからない。それを教えてもらうことも、何よりそれを学ぶ必要すらなかったのだろう。

「竜、だから、か」

「かか……笑い話だろう。竜なのに、オレは今どこかおかしい。病気、なのかもしれぬなあ」

どこか寂しげな声だった。

――わん！


湯煙の向こう側から彼、もしくは彼女の声がした、ような気がした。

始まらなかったぼうけん。しかし、確実に子ども時代の遠山鳴人《ナルヒト》を一時、孤独から救ってくれた、モフモフの友の声が。

「……」

目を瞑ると、タロウの黒い毛だまりが瞼《まぶた》のうらに。るんるんと地面を跳ねるように歩く四つ足の姿、くるんと丸まった尻尾が見えた気がする。そして、それと一緒に楽しそうにぼうけんを語る幼き頃の自分が。

ああ、分かったよ、タロウ。お前なら、いやあの時の俺たちならそうするよな。記憶の中にしかいない友へ遠山は心をつぶやく。

「ビョーキなんかじゃねー」

そして、心を口にした。

「む？」

「そりゃてめーがコミュ障極めてるだけだ。普通だよ、誰かと仲良くなりたい、誰かと一緒にいたい、それは正しい欲望だ」

「ヒトよ、何を⁉」

「鳴人だ。名前がある。遠山鳴人。独身。趣味は読書にゲームにテラリウムにキャンプにサウナに釣りになんやらかんやら。あと自炊。夢は湖のほとりに家を建てること、だ」

「え？」

きょとん、竜が首をかしげて。

「え、じゃねーよ、自己紹介だ、自己紹介。てめえのあのお節介のジジイにも言われたからじゃねー。……俺が決めたからだ。ツガイとか婚姻とかはごめんだけどよー、まあ、なんだ、友達、友人なら、……俺も欲しい。友達、少ねえからな、俺」

まずい、マジでキモいぞ。早口になっているのを自覚しつつ遠山が湯にまた顔をつける。もっと、こうスマートに言えないものなのか。男のツンデレなど害悪以外のなにものでもないというのに。

引かれたりしてないだろうか。もしそんな反応を取られたら心が死んでしまう。

ドキドキしながら遠山が薄目を開き、なるべく竜の身体を見ないように最大限努力しつつ様子を確認して――

「な、るひと……ふ、ふかか、ナルヒト、ナルヒト、そうか、貴様は、そなたはナルヒト……」

口に手を当てて、にやにやしてる女がそこにいた。

大丈夫そうだ。

「おう、鳴人だ。で、お前は？」

「う、ぬ？」

「ぬ、じゃねえよ。俺は名乗ったぞ。で、お前は？　どこの誰だ？　まだお前の口からきちんと聞いてねえ。名前も自分で言えねえ奴と友達にはなれねえからなあ」

「あ。う……お、オスから、名前を……ま、まさかこれがお母様が言っていたぷろぽーず……？」

「待て、それはお前のお母様がアナーキーすぎるだけだ。コミュニケーションだ、コミュニケーション。俺は遠山《トオヤマ》鳴人、好きに呼べ。で、お前は？」

遠山が薄目で女を見る。なるべく身体《からだ》は視界に入れないように。

「ア、リスだ」

「なんて？」

「――っ!!　〝アリス・ドラル・フレアテイル〟!!　ソレがオレの名前だ！」

一息で叫ぶように。

「ああ、いい名前じゃん。よろしくな、アリス・ドラル・フレアテイル。今日から友人だ。まあ特にだからどうこう言うこともないけど」

「友人……、友、お、オレに、友が……貴様が友に？」

「あ、まさか、嫌だった？」

やべえ、ノリノリで友人とか言っちった。ダサいとかのレベルじゃねえじゃん。

「いいいいいいい、イヤではない！　断じて、イヤではないぞ!!　そんなわけがないのだ！　知っている、お母様が言っていた！　お友達から始めようという奴なのだな！」

「うん、お前、一度その情報ソース、お母様を疑おうか」

「ふ、ふふふ、かかかか、そうか、ナルヒト、ナルヒト、貴様は、ナルヒト」

嬉しそうに、花束でも抱きしめるように竜が遠山の名前を何度もつぶやく。

「ま、好きに呼んでくれ。アリス・ドラル・フレアテイル……長えな。アリスって呼んでもいいか？」

「ギャう!?　い、い、のだが、す、少し恥ずかしい、その名前は、そのお母様やお父様、限られたものしか呼ばない名前なのだ」

もう顔が赤いのを誤魔化そうともせずに女がもじもじと、身体を丸める。

「あー、イヤか。まあそういうこともあるよな。うーん、蒐集竜に鎧ヤローはアレだしなあ。……アリス・ドラル・フレアテイル……あ、そうだ。じゃあ、ドラ子で」

「どら、こ？」

キョトンと首を傾《かし》げる女。いやドラ子。少し、遠山は見惚《みと》れる。

「あだ名、ニックネームだな。鳩村《ハトムラ》っていう俺の仲間が言ってた、友達同士だけで呼ぶ名前らしい。まあ、俺も友達いなかったからあだ名で呼ぶのなんて初めてだけど」

その辺のセンス、遠山は自分の感覚がずれていることに気づかない。

「は、はじめて、トモダチ、悪くない！　悪くないぞ！　よい、よいぞ！　許す！　ナルヒト、貴様にオレを〝どらこ〟と呼ぶのを許すぞ！」

そしてまた、竜もそれは同じで。

「ああ、どうも、ドラ子」

「ギャゥ！　あ、違う、違うのだ、今のはその、鳴き声とかではないのだ！」

「ああ、へいへい。……あれ、お湯熱くなってね？　なあ、ドラ子、これ」

肌に感じるお湯の温度が高くなったような。

「あだ名で、呼ばれてしまったのだ……これはもう、婚姻以上の関係なのではないか？すぐ、お母様にまた相談しなければ……ドラコ、ドラコ、ふかか、いい、すごくよいぞ」

「おい、ちょっ、ねえ、聞いてる？　お湯が本当、どんどん熱くなって、んですが」

ドラ子は自分の世界に入ってしまったようだ。

遠山の言葉に反応すらしない。

「ああ、なんと言う日なのだ。な、な、ナルヒトを旦那殿と呼べないのは少し残念だが……まあよい、ここからオレの素晴らしさと凄《すご》さを見せつければそのうちナルヒトから求婚、ギャウ……だめだ、考えるだけでのぼせてしまう」

もじもじもじもじ。ドラ子が自分の頬に手を当ててふにゃふにゃになっていくにつれ、はっきり温泉の温度が異様なことに。

「おい！　おい！　お湯、シャレになんねえ!!　ドラ子、俺もう上がるぞ！　こっちみんなよ、絶対こっちみんなよ!!　俺がっつり裸なんだからな！」

ばしゃり。遠山がお湯から飛び出る、ジャグジーでもないのに白く濁ったお湯がぼこり、ぼこり滾《たぎ》りはじめていた。

遠山が耐えきれなくなり飛び出る。もちろん、前を隠すタオルなどなく。

「む、もう上がるのか？　ナルヒ、………ギャ……」

そしてドラ子は遠山の話を聞いていない。

必然、ドラ子は見てしまう。生まれたままのすっぽんぽんの男の身体を。

「あ」

遠山のタボリス《急所》に、ドラ子の視線がじいっと固まり。

「ギャウン……」

ばちゃん。

鳴き声をあげて、ドラ子が倒れた。お湯の中にブクブクと沈んでいく。

「嘘《うそ》だろ？！！　おい、おい！　ドラ子!?ってアッツウイ!?　くそ、なんでこんな熱湯に……ええい!!　心頭滅却!!」

流石《さすが》にまずいだろ。お湯の中に沈むのは。

遠山は後先考えず、すぐに浴槽に飛び込んで。

「ギャァアッツウウウウイイイイ!?　ドラ子、起きろ！　ドラ子さん!!　起きて、マジで！　茹《ゆ》で蛸《だこ》になる!?　ジジイイイイイイ!!　メイドさああん!!　助け、助けてえええええ!!」

本当に洒落《しゃれ》にならないお湯の温度。肌を真っ赤にやけどしつつ、気合いで我慢しながらお湯の中に沈んだドラ子を引き上げる。

もうお湯の熱さがわからなく、むしろ冷たいような気さえしてきた。

ドラ子は遠山より頭一つ身長が高い。しなやか、しかし色々なところが豪華な女の身体をなんとか引き上げ、助けを呼んだ。

「どうなされたお嬢様!!　友人殿!!　オッフ……浴槽プレイ……ふ、若さって奴《やつ》はよ……」

飛び出てきた老人、ベルナル。

慌てた様子はしかし、湯船の中でドラ子に抱きついた形になっている遠山を見た瞬間、ふっと表情を緩め、鼻をさする。

「お呼びですか、おじょうさま、おむこどの。む、お風呂プレイ。……ぽっ」

メイドさんも出てきた。遠山とドラ子を見て、ぽっと頬を染める。

「ふざけろ、タコども!! ボケてる場合か! あつうう、ちょ、死ぬ、マジで死ぬから、ゆで死ぬから! はよ助けろやあああああ!!」

館全体に遠山の叫びが響く。

それは帝国に竜と人界を結ぶ象徴、竜大使館の長い歴史において最も騒がしいひと時となった。

「ギャオウ……ふかか、ナルヒト……ふ、か」

1柱の竜は気絶しつつも、どこかその喧騒《けんそう》を喜ぶかのように、熱湯の中、遠山に支えられつつふにゃりと笑っていた。

◇◇◇◇

「うお、これ美味《うめ》えな。なんの肉だ?」

口にした途端、脂のうまみが舌に踊る。脳をがつんと揺らす肉の味に目を見開く。

灼熱《しゃくねつ》の温泉から生還した遠山。

招かれた食事、クソでかテーブルの上には銀色の皿に載せられた食事がいくつも。

「ふかか、だろう? ファラン、我がメイド長の作る料理は帝国広しといえど5本の指に入ろう。この肉は都市の壁の外、平原地帯にたまにしか現れぬ〝七面牛〟から数百グラムしか取れぬ希少部位なのだ。うむ、美味《うま》い」

絶妙な焼き加減のステーキ。初めて聞く生き物の肉だが、美味い。表面はこんがりと、しかし中はしっとりとしたミディアムレア、したたるに肉汁をポテトに絡めてほおばる、あつあつのそれを水で流し込む、大きなため息が思わず。

「うまい」

思わず目を丸くする旨さ、ガツン。食べれば食べるほど、一気に腹が減ってくる。

「これ、黒胡椒《こしょう》に、ナツメグ、グレービーソースにはワイン混ぜてんのか？　醬油《しょうゆ》なしでもここまでコクが出るのは肉汁が美味いから？」

溢《あふ》れる肉汁の中に感じる香辛料の味。すっと鼻を抜ける香り、臭みもクセもなく非常に食べやすく、かけられているソースも深い味わいで飽きが来ない。それが脂と肉に混じり口の中で爆発していく。

「む、むむ？　すまんがオレは料理の製法までは――」

「おめ、お目が高いです、友人さま。……お嬢様や執事を始め、この屋敷の方は基本、食材の良《よ》し悪《あ》ししかわからないのでー、調味料などにお詳しいのですねー」

そばに控えていたメイドさんがぐわりと前に出てきた。無表情ながら目が輝いているような。

「おおう、すごいキラキラした目。……良かった、味覚の好き嫌いは同じみたいだな」

遠山は心配ごとが1つ消えたことに内心胸を撫《な》で下ろす。食事の嗜好《しこう》が全く合わないことが不安だったのだ。

「お口に合ってなによりです。この胡椒は、〝王国〟の一部地域からしかとれない希少な香辛料でして……よよよ、仕入れるのにもそれなりに苦労しているのです」

「待て、メイドさん。もしかしてこの黒胡椒、かなり高かったりするのか？　いや、黒胡椒だけじゃない、香辛料、えーと伝わるか？　こういう香り付けのための乾き物なんだが」

おっと、まずいな。スパイスの類がもし貴重品だった場合、この味もごく一部の富裕層しか味わえないものになってしまう。

「お料理に相当おくわしいとお見受けしました！　友人どの！　ええ、ええ！　そうなのです！　当大使館で使われる1週間分の香辛料でおそらく、冒険都市の貴族地区以外でしたら家を建てることが出来るほどの金額です！」

そしてその嫌な予感は当たっていた。ドラ子は恐らく状況や、周囲の反応から察するにこの世界ヒエラルキーの中でも相当上位の存在だ。

故に食べられるこの味。

つまり、遠山が生活基盤を整える中、普通の市民の生活水準だと食事が合わない可能性がまだ存在しているということだ。

　非常にまずい。メシがまずいのはつらい、辛《つら》すぎる、耐えられない、死んでしまう。

「……なるほど、産地が少ない、いや、航海技術の関係か？　メイドさん、もし知ってたらでいいんだけどこの胡椒やら香辛料やらの産地と、この街はどれくらい離れてる？　輸送の手段は？」

　ニホン人として譲れない食へのこだわりが、遠山《トオヤマ》を行動させる。ついでにこの世界の技術やら地理やらも学ぶために会話の中から探ろうとして。

「距離、までは細かいことは分かりませんがー、仕入れ先の商人が言うには海路にて1ヶ月から3ヶ月ほどかかるとのことですねー。モンスターに襲われるかどうかでも日程が変わるとぼやいていましたし」

「モンスター……まて、まさか、あの塔以外にも怪物が出る、ってことか。なるほど……さすが異世界」

　オタク知識と地頭の回転を合わせ、仮説を立てる。技術レベルはつまり、現代の基準に合わせれば大航海時代前。所々、中世とルネサンス期にも似ている部分もある。あの大浴場も恐らく富裕層ゆえの施設だろう。

　まずいな、庶民レベルの生活だとメシと風呂、あとトイレがどうなっているのかすげえ不安。遠山が現代生活において確保された生活面の一定水準のことを心配しはじめていた

ところ、

「一つ、よろしいですかな、友人殿」

「へい」

「あなた様、何者にございますでしょう？　一般常識を知らないにしては、その、妙に教養があるといいますか。……先程、故郷は遠い、と申しておられたが、生まれはどちらに？」

執事からの質問。遠山はすぐに答えることはしない。

「……その前に聞かせてくれ。この国に、〝異世界〟、〝転移〟、この辺の言葉が禁句になってたりとか、あとはそうだな、魔法とかで違う世界から人間を呼んだりする儀式があったりしねえか？」

これから色々なことを考えていかなければならないだろう。だがオタク知識が伝える。ここは慎重に対応するべきだと。

「いせかい？　ナルヒト、それはなんだ？」

「……失礼、お嬢様、ギルドからの情報だと友人殿は冒険奴隷《カナリア》に身を落とす前、冒険者と戦闘になり、頭を打たれているとのこと、……ここは話を合わせてあまり刺激なさらないほうが」

「うう、くろうしてきたんですね、友人どの。おかわりもありますので、どうぞ。よよよ、おいたわしや、あにうえ」

「誰が兄上だ。おいコラ、竜グループ。可哀想《かわいそう》な人扱いしてんじゃねえ」

執事とメイドに生暖かい視線を向けられた遠山が文句を言う。だが、今の反応で可能性が絞れてきた。

異世界転生、転移のお約束、その1。

世界の常識として異世界を認識しており、また国単位で異世界から人間を呼び寄せているパターン。

今回はそれには当てはまらない。つまり、今の遠山の状況はこの世界においてもイレギュラーというワケだ。

（下手に異世界やらなんやら言わない方が良さそうだな。頭の愉快な人間扱いだ……）

遠山は思考をまとめる。だとすると、適当にカバーストーリーを作らなければならない。それにはマジでこの世界へのある程度の理解が必要不可欠だ。

「む、ナルヒト、すまぬ。話しにくいことを聞いたな。良いのだ、オレはナルヒトが何者であろうと気にせぬ。……それよりも貴様、これからどうするつもりなのだ？　行く当てはあるのか？」

ドラ子の言葉に遠山が考えをめぐらす。正直、安全策を取るのならドラ子に甘えて、この竜大使館とやらを生活基盤にしつつ、この世界を学ぶのが安全策ではある、のだが。

「嬉《うれ》しくて涙が出そうだよ、ドラ子。……んー、まあ行く当てはないんだが、探さんといけん奴がいる。ドラ子、俺のあのボロい奴隷服はどこにある？」

今はそれよりもあいつを探さなければならない。

「む、あれか。……やっぱかえさぬとダメか？」

「いや、え？　なにそれどういう意味だ？　いや服が大事というよりはあのポケットの中に入れていたモンなんだけど」

「というと、友人殿、仰《おつしや》られているのはこれですかな？」

老人、執事のベルナルがお盆に載せたあるものを遠山に差し出す。

金色のプレート状の首飾りに、竜の爪のデザインの印鑑。

「おお、それそれ。ドラ子から剝ぎ取った帰還印と首飾り。すまん、それお前ぶっ殺した時に取ってたんだよ」

「ああ、冒険者章と帰還印か。ふかか、良い良い、2つともナルヒトにくれてやる。オレを一度殺した報酬よ。……んむ？　帰還印が起動していないな……ナルヒト、貴様、どうやって塔から脱出したのだ？」

ドラ子が印鑑をつまみ、首を捻《ひね》りながらそれを見つめる。

「……おお、その辺も説明いるか。なんかよくわかんねえ気取った喋《しゃべ》り方《かた》の女だ。そいつに何かされて気づいたらギルドに……あれ、でもなんかそいつ記憶を奪うだとかなんとか言ってたな……」

　そうだ、あの妙なエルフのこともある。あいつ記憶がどーのこーの言っていたが、なんだったんだ？　遠山にはあの時のやりとりが記憶としてがっつり残っていた。あのエルフ女のことは忘れていない。

「お嬢様」

　ベルナルが優しい目を遠山に向けたあと、ドラ子をたしなめる。お前、その可哀想な人間見る目やめてくんない？　そう思いつつ、詮索を躱《かわ》せそうだったのであえて否定はしなかった。

「む、そ、そうか。いや、良いのだ、ナルヒト。すまぬな。そのまた落ち着いたらで構わん。オレにとって大事なのは貴様とこうしてまた再会出来たこと、そして、貴様と、と、ととと、友になれたことなのだから」

「お嬢様、尻尾が出ておいでです。竜変化をおやめください」

　ドラ子はドラ子でその辺はどうでもよかったのだろう。照れるように頬に手を添えながら、白い服の裾から急に生えた金色の尻尾をフリフリと振り始めている。

「む、すまぬ。して、ナルヒト。探したい者とはやはり、あのリザドニアンか？」

　しゅんっと、一瞬で尻尾が消える。どういうシステムなのだろうか。

「リザドニアン……ラザールのことか？　ならそうだ。あのトカゲさんと話したいことがあってな。ドラ子お前はきっと嘘《うそ》はつかない奴《やつ》だ。お前が帰れるって言ったんだ。ラザールはこの街にいるんだろ？」

そう、遠山の目下の目標はあのトカゲ男だ。

トカゲ男のラザール。塔で別れたあの人（？）の良い奴との再会こそ遠山鳴人《ナルヒト》が自分で決めた最初の目標である。

「お嬢様、もしや、そのラザールというリザドニアンは……」

「うむ、で、あろうな。ナルヒト、そのリザドニアンのことだがな、実はオレも探していたのだ」

「マジか!?　ん、いた？」

思ってもいない声に遠山が反応する。だがすぐにベルナルやドラ子の表情や言葉にひっかかった。

「そう、いた、だ。もう探してはおらぬ。正確にはあの銭ゲバ女主教の予言が今日という日を指して以降その必要はなくなったからのう」

「……そうか、俺を探すためにラザールを探していたわけか」

瞬時にピンと来た。

そうだ、ドラ子が自分を探していたならあの時行動を共にしていたラザールを手がかりとするのは必然だ。

「その通り、ふかか、ナルヒト、貴様中々に頭の回転が速くていいのう。そう、貴様を探す唯一の手がかりはあのリザドニアンだった。オレは竜大使館の権力を用いて、ギルドや教会、さまざまな勢力にあのリザドニアンを探させたのだがな、結局見つからなかったのだ」

「……死んでる、もしくは、あの印を使って飛ばされたのが別の場所だった、なんて間抜けなことはねえよな」

最悪のパターンを予想し、遠山は無意識に声を低くした。

「ふかか、舐《な》めるなよ、ナルヒト。竜は約束を必ず守る、これは絶対の事実だ。あのリザドニアンは間違いなくこの冒険都市に送還された」

ドラ子は不敵な表情を浮かべ遠山へ答える。友となってもその竜独特の威圧感や、考え方に変わりはないようだ。

「たとえ死んでいたとて、オレは死体ですら手がかりとして求めていたのだ。未《いま》だ何も報告がないというのはつまり、あのリザドニアンはオレ、ひいては冒険都市の追跡を搔《か》い潜《くぐ》り、身を潜めているということさ」

「それ、割とすげえな。探すのも苦労――」

でんでん。

遠山の耳に響く太鼓の音。

視界に流れるのは運命からのメッセージ。


【サイドクエスト発生】

【クエスト名 〝路地裏のトカゲを追って〟】

【目標、冒険都市アガトラ、〝スラム街〟を調べる】


「……いや、なんとかなりそうだわ。ふう、美味《うま》かった、ご馳走《ちそう》さまでした。この礼はさせてもらう。風呂も入れて貰《もら》って飯までご馳走になった。ありがとう、ドラ子」

これ、便利だな、やっぱり。由来がわかんねーのが気になるが今はこれに従うのがはやそうだ。

遠山の行動指針が固まった。クエストマーカー、TVゲームでそれに従うのに慣れ親しんでいるのでそんなに違和感はなく。

「ふ、かか。何、気にするでない。と、友達なのだからな、だが、ほ、ほんとにもう行ってしまうのか……よ、よいのだぞ、せめて1日くらい、いや、な、ナルヒトならばもう竜大使館に住んでもいいのだぞ？」

「いや流石《さすが》にそれはいいわ。そこまで世話になるわけにゃいかん」

「…………」

下唇を噛《か》んでドラ子が無言で遠山《トオヤマ》を見つめる。

「んな顔すんなよ、ドラ子。もう友達だ。どうしてもやばくなったら力借りるかも知れねえし、また顔見せに来るから」

「ほ、ほんとか？　ほんとにほんとなのだな!?　貴様、竜に嘘を吐《つ》くとロクなことにならんぞ」

「嘘は吐かねえよ、少なくとも友達には。まあ、多分」

「む。むむ……わかった。またナルヒトを怒らせるのも嫌だし、貴様のことを尊重しよう」

「お、いい兆候だ。尊重ってのは大事だぜ、じゃ、俺のボロい服返してくれ。流石にこの寝巻きみてーな格好じゃまずいしな」

ふわふわのバスローブを指さして苦笑する。あのぼろ布の服でもこれよりはましだろう。

「む、むむ、しかしあの服は……あ、じいや、あれを」

「は、お嬢様、既に用意してございます」

ぱちり。ベルナルが指を鳴らす。

部屋の扉が開き、メイドさんがマネキンの乗った台車を押して入室した。

「あ、うそ、それ！」

遠山が目を輝かせる。見慣れた黒色の化学繊維と怪物素材で編まれたタクティカルジャケット、防刃素材の黒色のカーゴパンツ。払い下げオークションで手に入れたコンバットブーツ。

遠山鳴人の探索服がマネキンに揃《そろ》えられていた。

「2級冒険者パーティ、【ライカンズ】の生き残り、いや、正確には奴らの昇級調査をしていた男から買い取った代物だ。ナルヒトを探す手がかりとして蒐《あつ》めた物だが……貴様がこれを着るのが正しいだろう？」

ニヤリとドラ子が形の良い唇を吊《つ》り上げて笑う。

「お、おおお……ドラ子、俺は今猛烈に感動している。……二度とコイツは着られねえと思ってたが」

「不思議な素材ですな。工房の連中が何日もこれを見せて欲しいと竜大使館に陳情していたのもわかる気がするものです」

「ふん、ドワーフ風情にオレの蒐集《しゅうしゅうひん》品を触らすものかよ。――ファラン」

ドラ子がメイドさんに視線で指示を出し、

「はい、承知いたしました、お嬢様」

竜大使館の誇るメイド部隊が一瞬で遠山を取り囲んだ。

「うお⁉」

一瞬でメイドさんが遠山のふわふわのバスローブを剝ぎ取る、そしてどうやったのかまるで何もわからないまま、着替え終わって。

「着せ替え完了。見慣れない服装は悪目立ちするのでローブをご用意してみました」

「ふかか、良い、似合うではないか、ナルヒト。そのローブはまあ、なんだ。オレからの贈り物だ、えっと、着てくれると嬉《うれ》しい」

もじもじしたあと、しかしゆっくり微笑《ほほえ》むドラ子。遠山はそれを素直に受け取って。

「うおおおお、これイカすな！　マジかドラ子！　すげえ、ビロードっぽいのにすげえ頑丈。ジェダイじゃん……かっこよ。こりゃあデカい借りだな。……アリス・ドラル・フレアテイル」

大満足。こんな、ローブ、しかもフード付き。すごくいい。とてもいいものだ。

「な、なんだ？」

「ありがとう、お前の俺への施しは忘れない。ムカつく奴をぶちのめすのも、いい奴に借りを返すのも、俺の欲望だ。ありがとう、ほんとに」

「ふ、かか。……なるほど、これはいいものだな。ナルヒト、そのあれだ。オレと貴様は友達なのだからあれだぞ、何か困ったことがあったら言え。オレが助ける」

もじもじ、ドラ子が外はねした髪の毛をいじりつつ、それでも最後は遠山をまっすぐ見つめて。

「お、お嬢様……」

「よよよ、感動」

それは本当に小さな変化、長い時、古い時代からその新しき竜を見守り続けた執事とメイドが少し涙ぐむ。

「そうか、心強いよ。お前も困ったことがあったら言ってくれ、俺が助けるよ」

「ふかか、オレは竜だ、助けるのはオレのほうだぞ、あ、そうだ、文だ、オレ、文を書くからな！　宿が決まったら教えるのだぞ！　絶対だ、絶対ぜったい絶対だぞ！」

「ひひひ、ああ、わかったよ」

「うむ、約束だ。……じいや、ナルヒトを送ってやれ。それと、冒険都市と帝国に、知らせを。今日を以《も》って黒髪の奴隷の捜索を全てやめさせよ。今後一切、黒髪の奴隷への詮索は許さぬ」

「は、そのように徹底させせましょうぞ」

「悪いな、何から何まで」

「ふむ、惚《ほ》れたか？」

にししと笑うドラ子。

「うるせえよ、鎧《よろい》ヤロー」

遠山が軽口をかえす。それはもう気軽な友のやりとりで。

「では善は急げということで。ファラン」

ぱんぱんと執事が手をたたく。

「執事どの、既に外に馬車をご用意してます。御者は執事殿でいいですよね」

無表情な小柄のメイドさんがぐっと親指を立てて答える、ある意味一番表情豊かかもしれない。

「うむ、ベルナル、ナルヒトを頼む。街まで送るのだ、む、そうだ、路銀はどれほど持たすべきか？　白金貨50枚もあればよいか？」

「……すまん、白金貨50枚ってどれくらいのことが出来る金額なんだ？」

「そうですな……だいたい都市の市民の平均年収が午に銀貨５００枚ですので。その10倍の金額かと。貴族街に家を建てることも容易ですな」

「ひえ」

想像以上の金額に悲鳴が。

「む、足りぬか？」

キョトンとした顔で小首を傾《かし》げるドラゴン。遠山はがくりと肩を落とした。

金銭感覚の違いだけは、どうしようもなさそうだ、と。

デンデン。太鼓の音がまた。

【メインくえすと』
【クエスト名 〝竜を狩ルもノ〟】
【ああ、良いじゃないか。竜は油断し、あなたに心を許した。今の竜ならば残り6つの命もあなたに捧《ささ》げるだろう】
【〝クエすと目標〟 蒐集《しゅうしゅう》 竜《りゅう》の殺害】【〝くエスと報酬〟 正規メインクエストの進行、王国ルートの復活、技能 〝竜殺し〟が〝竜喰《く》らい〟に進化します。

どくん。

メッセージが揺らぐ。文字化けしていくそれが視界で踊ったとたん強烈なめまいに襲われる。瞳孔が開き、抗《あらが》いがたい衝動が身体《からだ》に満ちる。

酔いにも似た感覚。使命感じみた殺意。あの時、ラザールを殺せと⬇が指示した時と同じ運命の強制。それは遠山鳴人《ナルヒト》にこの世界が与えた運命と使命。竜を殺せと、ナニカが遠山に命令する。

それは確実に遠山自身のものではない、植え付けられた悪意――

履行しろ、為《な》せ、決行しろ。異世界オープンワールドが、マーカーを竜へと。

「どうした？　ナルヒト」

ああ、竜は気づかない。どこまでも傲慢で気高く、そして純粋なこの生き物は気づかない。友を疑うことなど、考えもしない。そんな生き物なのだから。

そんな彼女を⬇が指していた。殺せ、そのメッセージとともに。

遠山の手が震える。熱病に浮かされるように、その手がドラ子の白い首にふと伸びて
――

「……ナルヒト？」

がしり。遠山がそれを摑《つか》んだ。にぎりしめ、潰すつもりで。

「舐《な》めるのも大概にしろ、てめえ」


【ぎゅぶ】

⬇。

遠山の手が竜に向けられることはない。友を傷付けることは絶対にない。遠山の手は己の欲望をかなえるためにしか動かない。友を殺せと指し示す、そのクソ矢印《クエスト・マーカー》を握りしめ。

「死んでろ」

ぐしゃり。大理石の床に矢印を叩《たた》きつけ、思い切り踏みつける。

じゃり、じゃり。遠山にしか見出《みいだ》せないその矢印を粉々に踏み崩した。

「ヒヒ」

もう⬇はぴくりとも動かない。

【メインクエストが放棄されました。クエストラインが崩壊しました】

遠山はメインクエストを放棄した。

「ヒヒヒ、誰がてめえの言う通りにするかよ」

運命をぶん投げて、笑う。

メインクエストをぶん投げて、捻《ね》じ曲げて、好きにすることを遠山は選んだ。

「うわ……」

「やはり、友人殿……いえ、いいのです、皆まで言わなくて……ファラン、我々は温かく見守るのみ」

「……ナルヒト、やはり少し我が館で休んだほうがいいのではないか？　悩みがあるなら聞くぞ？」

彼等《ら》からしてみれば、急に虚空に手を伸ばし、地面をふみつけはじめ、静かに笑う男の姿はやばいものだった。遠山《トオヤマ》に向けて温かな視線がいくつか。

「いや、違くて」

ごまかそうとして、一歩踏み出す遠山。さっと、執事とメイドさんに距離を取られた。

「………ほ、本当に大丈夫なのか？　なら、せめて、ナ、ナルヒト」

心配げにドラ子が首をかしげる、片目を覆う前髪が傾き、蒼《あお》い瞳が弐《ふた》つ覗《のぞ》く。

「うん？」

「お、落ち着いたらで、かまわぬ。ま、またすぐに会える、か？」

まっすぐこちらを見る竜の瞳はすこし、揺れていた。初めてできた友達におそるおそる問いかける、その姿は当たり前のヒトにも見えた。

「あー、うん、わかった。ドラ子」

「む？」

「近いうちに手紙も書くよ。この街からいまのところ出る予定もない」

「そ、そうか！　絶対だぞ、り、竜との約束は破ってはだめなんだぞ」

「友達との約束は破らねえよ」

ぱあっと顔を輝かせる竜に、遠山は笑う。竜も笑って、それからもじもじしはじめる。

「えと、その……」

「ドラ子」

遠山がゆっくり右手を差し出す。小指を立ててそれをそっと傾ける。

「それは、なんだ？」

竜が小首をかしげる。この世界にはない約束の証《あかし》。

「約束、小指貸せ」

「あ」

そう言って強引に竜の小指を遠山の小指がからめとる。柔らかくて温かい、竜の小指に絡んだ遠山の指がふっと、落ちて。

「指きった、また会おう、約束だ、ドラ子。今度は奴隷と鎧ヤローじゃなくて、遠山鳴人とアリス・ドラル・フレアテイルとして、友達として」

約束はなされた。小指で結ばれたちっぽけなもの、けれどこの世界の異物である遠山にとってそれはきっとよすがとなるだろう。

「う、うむ！　ああ、またな、ナルヒト」

竜が微笑む、それは初めて出来た友達との約束を喜ぶ子どもそのもの、どこまでもただ嬉しそうな笑顔だった。

◇◇◇◇

かぽ、かぽ。

昼過ぎを少し回ったころだろうか。

馬鹿みたいな大金を持たせて文通のための紙やペンを持たせてくるドラゴンや、無表情でハンカチを振るメイドさんに見送られ出発する。

遠山は馬車に揺られていた。

「本当によろしかったのですか？　銅貨50枚の路銀だけで。それだと場末の安宿ですら3日泊まれば尽きる金額ですが」

「ああ、充分すよ。ぼろ宿3日分だけでいいって言った時のドラ子の顔、ありゃ見物でしたね」

3日分の路銀だけもらう。そしてこの金は必ず返す。そう言った瞬間のドラ子の顔を思い出す。背景に宇宙が広がり、ポケーッとした顔はかなり笑えた。宇宙ドラゴン。

「ほほほ、お嬢様からしたら銅貨という存在が理解出来ぬのでしょう、そろそろ大使館の庭園を抜けます。冒険都市を一望することが出来ますよ」

うららかな日差しが差し込むケヤキの林。整地された土の道路を馬車が進む。

「お、おお……マジか、これが……」

林を抜ける。

小高い丘、そこからその街が、その光景が遠山鳴人の目に飛び込んだ。

「冒険都市、〝アガトラ〟、帝国において帝都に並び立つ国家の要所。帝国が建国される前よりもずっと昔、第三文明、〝大戦〟の初期に何者かが作りし、壁に囲まれた防壁都市でもあります」

街、建物。人の営み。

冒険都市、異世界の光景が広がる。

レンガ作りの家々、都市を貫く川、一際目立つ聖堂のような建物。それらを陽光が照らし、きらめかせている。

そして気づいた。その街並みの光景の向こう側に壁が広がっていることを。

「壁、これ、街一つ全部壁で覆われてんのか？」

「おっしゃる通りです。約１００メートルほどの高さでしょうか。壁にはそれぞれ東西南北に門が存在し、都市への出入り口となっているのです」

「水源は？　これだけの街だ。あの流れてる川か？」

「ほう……おっしゃる通り、北のヒナヤ山脈地方から流れるナタ大河の支流が都市の中心を貫いています、大河のいきつく先はカドカ海へ。生活水はその川か、地下水を汲《く》み上げてまかなっているのです」

「なるほど、これだけ発展するわけだ。てか、あれ、塔……か？」

そして嫌でも目に飛び込んでくるのはそのデタラメな風景。バベル島のイギリス街やフランス街の街並みに似た光景の中、街の中央には異物が聳《そび》え立つ。

塔。

天に伸びる黒い建造物。それは太く街の中央に楔《くさび》が打たれているのかと錯覚する光景だ。

「ほほ、塔よりも先に水源を気にされる方はあなたくらいでしょうな。ええ、あれこそが、人界におけるこの世に残った神秘の地、そのうちの１つ」

「帝国、いえ、ヒトの悲願たる制覇がかけられし神秘の土地、〝ヘレルの塔〟にございますれば」

そして、何より遠山が理解出来なかったのは、

「上が見えねえんだけど、どういう仕組みだ？」

ことばの通り。上が見えない。

塔は文字通り天に向かって伸びているのだがどう見ても途中で消えているのだ。

「〝魔術学院〟の話を信じるのであれば、曰《いわ》く、塔は、ずれているのだそうです」

「ズレている？」

「ええ、ここより異なる場所につながっている、人界でも竜界でもない遠く離れたどこか、でしたかな？　故に外からでは塔の全容は目では確認出来ない、と。おや……そういえばあなたさまも似たようなことを先程おっしゃられておりましたな、いせかい、ふむ、異なる世界ということですかな？」

「おっと、なーんか俺、予想ついてきちゃったぞ」

遠山は目を細めて異質な光景を見つめる、街の遠景の中、異物のごとく聳える塔を。

「ほほ、もしやあなたさま、塔の上からやって来られたのですか？　ここではないどこかからの旅人……ほほ、これは失礼、私もこれで塔級冒険者の末席を汚すもの。ロマンがつきぬものでして」

「ロマンが嫌いな男はいませんよ。俺もあの塔の上に何があるか気になりますね」

「……おとぎ話を信じるのであれば、ヘレルの塔の頂上には〝全て〟があるのだそうです」

老人、ベルナルの声がワントーン低く。

「異なる場所がどうのこうのって話じゃなかったですっけ」

「ほほ、それはいわゆる大人の話。私のこれは幼子が子守に聞く〝天使教会〟が伝えるおとぎ話の類です、この世界を創りたもうた〝天使〟。それが手慰みにつくったのがあの塔。天使の試練たる塔の制覇者には全てが与えられる、でしたかな」

「子ども向けのおとぎ話にしてはいやに、なんか、くすぐりますね、ロマンを」

「ほほ、ロマンは大事ですので」

老人と探索者。カポカポとどこか心地よい馬のひづめの音。海外旅行にでも来たかのような高揚感。ああ、すげえ、ファンタジーの街並みだ。遠山はその光景を噛《か》み締める。

ゆっくり、ゆっくり丘を下りながらその都市を眺めつつ時間がのんびり流れていった。

【メインくえスト　はっセイ】
【帰還】
【クエスト目標　〝ヘレルの塔〟を制覇する】

「……きなくせー」

「ほ、なにか?」

遠山が冷ややかな目で景色の中に混じる塔を眺める。

すぐに、そのメッセージは流れて消えた。

「友人殿、お嬢様からはいつでも困ったことがあれば頼ってほしいとのご伝言をこれでもかと伝えられておりますので、お困りの際はいつでも、竜大使館へ」

御者台から降りた遠山へ、ベルナルのどこか優しい声がふりかかる。

目的地へ到着したのだ。

「いやいや、何から何まで助かりました。ドラ子、いや、蒐集竜《しゅうしゅうりゅう》殿にもよろしくお伝えください」

御者台へ向けて頭を下げる。

ついでに馬車を引いてくれたでかい馬にも礼を言いながら首を撫《な》でた。手のひらに感じる馬の肉と皮、しっかりと詰まった血肉から生命が伝わってくる。

「ブヒヒン」

満足そうに体を震わせる黒馬、まあ気にすんなよ、また運んでやるぜ、と言ってくれていたらいいな。遠山はふっと笑う。

「ほほ、これはこれは。我が愛馬、ブエノスが初対面の人間にタテガミを触らせることは滅多にないのですが……友人殿、あなたであればあまり心配はいらないかとは思います、しかし、冒険都市はお広うございます。さまざまな種族がいる故に、ゆめゆめご油断召されるな」

「ええ、わかりました。ベルナルさん。じゃあ行きます。また遊びにいくんでその時はよろしくお願いします」

「ほほ、あなたさまに天使と我らが竜の加護が在らんことを」

御者台のベルナルがおでこに人差し指を当て頭を下げた。この世界の儀礼だろうか。

「ええ、ベルナルさんにも、フォースの導きがあらんことを」

遠山《トオヤマ》が自分が知りうる中で最高にカッコいい社交辞令を決める。

「ふおーす？」

「おっとすみません、なんかそのセリフ言われてこのローブ着てたら言わないといけない気がして。じゃあ、これで」

かぽかぽ、ブエノスのでかい蹄《ひづめ》が石畳みを鳴らす。

馬車がゆっくりと、広場を進み始める。

「ええ、ご無事を祈っております、それでは」

遠山はしばらくその馬車を見送り、そして辺りを改めて見回した。

「すげえ、マジでファンタジーじゃん」

そこには、異世界の光景が、いや、遠山鳴人《ナルヒト》は確実に異世界ファンタジーの光景の中にいた。

「おくさん！　今晩の夕飯にうちの野菜はどうだい？　都市近くの農場から朝、仕入れた新鮮なガイモとトメトだ!!　おっと、アポルもあるよ、どうだい1つ？」「うーん、このアポル、いい色だけど1つ銅貨7枚は高いわねー」

広場に広がる沢山の出店。

「そこゆく冒険者さん！　鉄の防具は要らんかね？　工房から特別におろしてもらった一品だよ」「うお、本物か？　ドワーフの工房印章もついてんな……」「はいはいはい、今ならこれが銀貨9枚で君のもんだよ？　今ならほら、平原のホーンボアの毛皮のポンチョもおまけしちまう！　買わねえんなら他の冒険者さんを当たるさ！」「待て待て待て！　くそ、銀貨9枚……パーティの共有貯金使えば……おっさん、少し相談してきたらダメか!?」「道ゆくみなさん、寄ってらっしゃい見てらっしゃい！　今日皆さんに紹介するのは、沼オークの内臓から創り出したこの霊薬だ、これを怪我《けが》にひとぬりすれば魔術式やスキルも青ざめるほど1発完治！」

怪しい出店に、威勢のいい商人。武装した人間が店を冷やかしたり、主婦が買い物をしたり。

るつぼ。

さまざまな人間で賑《にぎ》わうその広場、この都市が帝国とやらの要所だというベルナルの言葉がはっきりと理解出来た。

「すげえ活気だな……バベル島の祭りの時みたいだ。やべ、ワクワクしてきた。オープンワールドゲームのチュートリアルが終わった直後だな、一番たのしい奴《やつ》やん」

オタク知識によるお約束で言えば、ここからは自由行動。

何をしてもいい。捻《ね》じ曲げたメインクエストを進めようが、金策に走ろうが、世界を片っ端から探索して回ろうが全て自由だ。

いや、もとより人生だって同じことだ。

仕事やら家族やら責任やらなんやらでつい忘れてしまうが、本来、人は自由だ。どこへだっていけるし、なんにだってなれる。

「……ま、前のとこでも俺は好き勝手やったしな。ここでもそのまま、欲望のままに、ってか」

雑踏を避け、数多《あまた》の出店が並ぶその広場の中心に向かう。泉だ。翼の生えた女神っぽい像を中心に枠で囲った人工の泉がある。

「さて、考えることは山ほどあるが、まずはシンプルに行くか」

泉のそばに置いてある木のベンチに腰掛け、静かにつぶやく。この状況下において、遠山は改めてその情報量の多さにビビる。

異世界、竜、生死、国、言語、貨幣ｅｔｃ…。

だがあえてそれらについて考えることを一旦やめた。

「まずは仲間集めだ。アイツを探す。クソ矢印、手伝え」

人は運命に操られるだけではない、人が運命を用いるのだ。

【サイドクエスト　〝路地裏のトカゲを追って〟】
【クエスト目標　冒険都市アガトラ　スラム街にてラリールを探す】

言葉の通り、異世界の雑踏の中メッセージが世界に浮かび上がる。

矢印が、向かうべき道、広場の出入り口らしい場所を指し示して。

「この矢印も信用ならねーが、まあ、手がかりはこれしかない、か」

さっきドラ子のところで踏み潰したから出てこないかと思ったが大丈夫らしい。遠山が立ち上がり、その矢印を追おうとして――

「おっと」

「あ、ご、ごめんなさい……」

とすっ。

人にぶつかった。考え事をしていたせいか接近に気づかなかった。

よれたハンチング帽を被《かぶ》った少年だ。ぺこりと頭を下げて足早にその場を去ってゆく。

まあ、いちいち気にすることでもないか。奇《く》しくも矢印の指し示す道と、その少年が去っていく方向が同じで――

【サイドクエスト　更新】
【目標　スリを捕まえる】

「は？　スリ？」

「っ!?」

遠山が突如流れたメッセージに間抜けな声をあげるのと、ぶつかったハンチング帽の少年がびくりとこちらを振り向くのは同時だった。

「…………」

遠山がふと、懐を確認する。あるはずのもの。即《すなわ》ち、ドラ子から貰《もら》ったおこづかいがなくなっていて。

「…………！」

振り返った少年と目があい、少年が一気に駆け出した。少しの間があって遠山は状況を理解した。

財布をスられた。

「……追わないでよ」少年がぼそり。遠山の財布をすったまま逃げ出す。

続きがあった。終わったはずの人生がここにある、たどり着けなかった夢の光景に挑むチャンスがここに続いていた。

「あー、兄ちゃんやられたなあ、ありゃスラムのガキだ、スリには気を付けねーとよー」

すれ違ったおっさんの呑気《のんき》な声が、響いて。

高い壁、聳《そび》える塔、数多の異種族、冒険都市アガトラ、この街で再び始まるのだ。ふわふわの黒毛の友と幼い自分が始めることすらできなかった願いを、叶《かな》えられなかった欲望をここですべて叶えるチャンスがやってきた。

「おかあさーん、あのおじさん、お財布取られたんだってー」

「しっ、見たらダメ。ほらおうちにかえるわよ、お野菜のスープ作ってあげるから」

喧噪《けんそう》の中、道行く人が冒険都市の洗礼をいきなり浴びた訪問者を眺めている。

「おー、あのガキ、足はやいなあ」

「おにーさん、追いかけなくていいの？」

わいわいがやがや、大通りの中、遠山は立ち尽くす。

奴隷から始まり、竜を殺した。運命を放り投げ、男は街に降り立った。

そう、チュートリアルは終わった。

ここからが本当のぼうけんだ。すべてが今ここにある。野垂れ死ぬかもしれない、失うかもしれない、敗北するかもしれない、だがそれすらもすべて自由。

苦しみや、悲しみもまた生きる者だけが得ることのできるものならば、遠山鳴人はすべてを捨てずに進むだろう。その欲望のままに進み続けるだろう。

遠山鳴人は今、確かにこの世界で生きていた。

「……マジかよ」

まずは、スリを捕まえる所から。財布を盗《と》られたパニックが、心臓をドクンと高鳴らせる。体に熱が溜《た》まって、そして――

「ん待てィ!!　クソガキ！　金返せ！」

遠山が、石畳を強く蹴って、走り出す。終わった人生の続きを、ニューゲームはここから。

遠山鳴人の異世界オープンワールド、一日目。

さあ、ぼうけんの始まりだ。

エピローグ　ある竜の目覚め

……〝人知竜〟魔術式、構築開始。仮説定理設定、類似事象の検索開始、事象を過去の同時進行並列世界の記録から確認、ＥＤ・ＮＯ４５８０〝永遠の探求〟から〝人知竜〟同位体間における意思の継承事例を確認、類似事例による仮説強化完了。

人知竜魔術式、種別　対天使粛清級〝ループ＆ループ〟自動発動――

「――ああ」

彼女はまるで雷に打たれたかのように、その動きの一切を止めた。

周りで彼女の世話、身体《からだ》を拭いたり、薬草を煎じたりしていた美しい顔の男女数人も同じく動きを止めた。

魔術師たちの根城、空に浮く島に存在する〝魔術学院〟。その結界内の一番奥深くに戯れで作った泉で、お気に入りの世話役たちに囲まれて行う沐浴《もくよく》の最中のことだった。

「ああ――」

裸体、黒と白だけで構築されている柔らかそうな女体が、透明な水の中に浸《つ》かる。そうでもしなければ身体に熾《おこ》った熱に耐えられそうになかったから。彼女の長い黒髪が水にほどける。柔らかく白いお椀《わん》のような胸に、濡《ぬ》れた髪が浮いている。

「ああ——　ようやく、なんだね」

小さな滝が泉へと注ぐ。水が砕けて、流れる音に彼女の吐息が混じった。焦がれるように、求めるように、吐息。

「嗚呼《ああ》、全知竜さま、なんと……」

ばたっ。

竜の吐息がもれるたび、彼女の世話役である古魔術師たち、まるで絵画に描かれるような美男美女たちはみな頬を赤く染め、目をうつろにしたまま倒れていく。

「とうとい……」「きれい、なんて、きれいなといき……」「いっしょうそのままのすがたでいてください」「吐息を瓶詰にして海に流そう、届け、この思い、どこかの誰かへ」

竜、全知を冠する竜。彼女の物憂げな顔に彼ら、彼女らは、なすすべがなかった。1人、また1人、幸せそうな顔で気絶していく。

世話役たる古魔術師たちはみな彼女の、全知竜の限界オタクである。

「すぷぷ。おや、みな、どうしたんだい。そんなところで眠ってはだめじゃあないかい」

魔術師はみな、己の業の始祖たる彼女に魅せられている。

上位生物、竜が人を魅せるのに魅了の魔眼も、魔術式も必要ない。ただ、そこにいるだけで、在るだけで人はその上位の存在に魅せられてしまう。それがこの世界のルールだ。

そのはずだった。

「ああ、すぷぷ、すぷぷ」

彼女が笑う。水にぬれた白く細い肩を抱き、爪を食い込ませながら彼女が笑う。

「ようやく、私の出番がきたんだね、また会えるのが楽しみだなあ」

その目線はどこに、誰に向けられたものか。はっきりしていることはただ一つ、彼女はナニカに焦がれている、人を魅せる側の存在である彼女はナニカに今魅せられていて。

「たしか、彼の好みは……うん、私ではなく、我でもなくて、そうボクにしよう、ボク、ボク、ボク、すぷぷ。ああ、髪の色もかえなくちゃあね。すぷぷ、どんな顔するのかなあ」

全知の竜はどこまでも愉《たの》しそうに、冷たい泉の中でうっとりとその美しい顔をふにゃふにゃさせて。

「全知竜様が、わらってる」「天使か?」「俺の天使が天使だった件について」「推しの顔がいい」「全知の竜なのに、水浴び好きなの可愛《かわい》すぎんか?」

死屍累々《ししるいるい》、意識を保っていた世話役たちも、もう残り少なく。

己たちのあこがれ、崇拝対象の名前をつぶやきながら倒れていき。

「すぷぷ、ああ、そこのキミ」

「は、はいいい」

最後まで意識を保っていた古魔術師、歴代の魔術学院学長たちの中で最強と謳《うた》われていた女だけが、竜のその言葉を聞けた。

「今日から、私、ううん、ボクの名前は〝人知竜〟にするから、すぷぷ、よろしくね」

「ぺぽ」

人知の竜が、照れたように頰を掻《か》く。その動作で限界オタクはみな全滅した。

ちゃぽり。水が鳴った。

そこは透明な水が溜まる場所、絵画のような光景、美しい顔の男女が幸せそうに鼻血を流しながら倒れ、その中心でうっとりとした女が水浴びを続ける。神秘さとバカさと冒瀆《ぼうとく》が混じる異質な空間がそこにある。

「全知の竜は、またキミのために人知の竜へ。すべての全知竜たちよ、安心するといいさ。君たちがかなえらなかったことはすべて、ボクが叶えることにするからねぇい」

彼女がふわり、水にゆらめく髪の毛に手を触れる。闇すら吞《の》んでしまいそうな黒い髪が輝く。水の波紋が揺れて、髪に光がともった。

「キミの好みも、覚えているさ。さて、どこからはじめようかな」

黒い髪が、銀の髪へ変わる。それはとある男の趣味、本人しか知らないはずの秘匿されるべき性癖で――

「また会えるね」

彼女はしかし、そのすべてを知っていた。

名前を呼ぶ。知っている名前を、彼女が求めてやまないその存在の名前を。それだけで、水で冷やしているはずの身体に熱が。身体の届かない場所に、耐えがたい甘い感覚が響いて。

「トオヤマナルヒトくん」

水が、揺れた。

あとがき

ほんとは冒険者になりたかった。

誰も行ったことのない所へ行き、食べたことのないものを食べ、危険を乗り越えてまだ見ぬものを目指す。危険や困難、それすらも全部飲み込んで次へ、次へ。

そういう風に生きたかった。もっともっと自由で楽しい世界に生まれたかった。

とかなんとか考えながらいつか大人になってしまいました。仕方ないので生きるために社会に出て働いて人生を消耗していると、ある日、ふとしたきっかけで小説を書き始めていました。

このお話はそんな僕の叶《かな》わなかったものや、挑戦すらしなかったものに〝遠山鳴人《トオヤマナルヒト》〟がヒヒヒと笑いながら挑み続けてくれるお話です。

もしも、僕と同じように今、自分がいる場所を心の底から楽しめなかったり、ここではないどこかへ行きたいとずっと燻《くすぶ》っている方にこのお話が届いたのならそれはすごくよかったです。

たどり着きたい、次へ、次へ、もっと、もっと。自分の望む場所へ向かいたい。

そんな思いを持つ人へ、ほんの少しの気休めや息抜きになることが出来ればそれ以上に嬉《うれ》しいことはありません。顔も知らないあなたと、ほんの少しでもたのしいぼうけんを共有出来たのならここまで本を書き続けた甲斐《かい》がありました。手に取って、読んで頂きありがとうございます。

また本作の出版に至るまで本当に多くの方の厚いご助力を頂きました。

担当編集のO様、数多くの作品の中からお声をかけてくださったことは本当に奇跡のように感じています。見つけて頂き、ありがとうございました。

イラストを担当してくださったひろせ先生。初めてカバーイラストを拝見した瞬間、うわ、この本欲しい……とイラストで殴られた錯覚に陥りました。もう、美……芸……才能と努力のハイブリッド……。

それに数年前、WEB小説からの読者の皆様、正直、あなたたちの感想や応援なしでは、しば犬部隊という作家はここまで生きていなかったと思います。だから、みんな生きていてくれてありがとう。

また、数々の登場人物の外観モデルや各キャラのパーソナリティのヒントをくださった前職の職場の方たち。すげえ良い勉強になりました。

他にも色々相談乗ってくれた友達。ほぼ悪ふざけしかされてない気がするけど、たまにくれる的確な意見は良い感じです。昔からずっと変わらないでいてくれて助かります。

あと、実家の犬。またいつか会おう。

そして何よりこの本を手に取ってくださったあなた。このエンタメが溢《あふ》れる時代にたくさんの娯楽の中から選んで、そして読んでくれてありがとうございます。この本はあなたが読んでくれたことで完成しました。

全ての本作に関わって頂きました皆様に多大なる感謝をこの場を借りてお伝えしたいです。

本当にありがとうございました。

漫画版や次に出る『凡人探索者』も宜《よろ》しくお願いしまーす！　作者のツイッターではWEB版の更新や書籍の情報などをお伝えしています。「しば犬部隊　ツイッター」で検索してください、どんどんエゴサするんで気軽に感想ツイートなどつぶやきまくってもらえると助かります。

じゃ、またね！

しば犬部隊

OVERLAP

現代ダンジョンライフの続きは異世界オープンワールドで！ ①

発　行　2022年10月25日　初版第一刷発行

著　者　しば犬部隊
発 行 者　永田勝治
発 行 所　株式会社オーバーラップ
〒141-0031　東京都品川区西五反田 8-1-5
校正・DTP　株式会社鷗来堂
印刷・製本　大日本印刷株式会社

Printed in Japan　ISBN 978-4-8240-0307-2 C0193

52番目の星竜
凡人探索者人知

「遺物

河童の
ミイラの
カレー

神秘の

浅り幸

くていい」

「クソ耳」

『ダンジョンライフ』

力を集めろ、探索を
全うするために
號級遺物・ストームルーラー

「顕現」

「ここに」

号 大鷲

お前は、只の人だ」

予定!

ハハハハハハハハハ」

TIPS――

耳の怪物

「あたしは、人間じ

「力ァ貸せ、

ダンジョンのヒント

『凡人探索者の

たのしい現代

「――約定を

「かぐや姫
ゲームって
なんだよ」

怪物種28

「キュ、キュッキュッキュ

2023年発売

腑分けされた部位

「ギャハハ、ギャハハハ

第10回 オーバーラップ文庫大賞
原稿募集中！
イラスト：冬ゆき
【賞金】
大賞…300万円
（3巻刊行確約＋コミカライズ確約）
金賞……100万円
（3巻刊行確約）
銀賞……30万円
（2巻刊行確約）
佳作……10万円
キミが物語の王様
【締め切り】
第1ターン 2022年6月末日
第2ターン 2022年12月末日
各ターンの締め切り後4ヶ月以内に佳作を発表。通期で佳作に選出された作品の中から、「大賞」、「金賞」、「銀賞」を選出します。
投稿はオンラインで！ 結果も評価シートもサイトをチェック！
https://over-lap.co.jp/bunko/award/
〈オーバーラップ文庫大賞オンライン〉
※最新情報および応募詳細については上記サイトをご覧ください。
※紙での応募受付は行っておりません。